웃어넘기지 않는다

에린 윙커 지음 | 송은주 옮김

웃어넘기지 않는다

페미니스트 킬조이가 보내는 쪽지

에린 웡커 지음 | 송은주 옮김

서문:
딸에게 보내는 편지

어떻게 시작해야 할지 모르겠구나. 일단 여기서부터 시작해 보자. 백지에서 시작하는 거야. 식상한 은유이기는 해도 백지에는 뭔가 아름답고 열려 있으면서 경외감을 불러일으키는 요소가 있지. 이 장 위에서 시작하자. 지금으로서는 이 세상에서, 네 조그만 몸에서부터 시작하자니 너무 벅차거든. 너는 너무나도 연약해. 그러니 이 페이지에서 시작하자.

네가 태어나기 전, 너를 이름 대신 쑥쑥이라고 불렀던 때의 일이야. 제 할 일을 하고 있는 세포 덩어리한테 인격을 부여하는 건 좀 아닌 것 같아서, 온 세상이 네 작은 몸에 기대를 새겨넣게 될 때가 (너무 빨리, 너무 자주) 올 거라서, 아직은 마음으로 온전히 너를 실감할 수가 없어서 그렇게만 불렀지. 네가 이름과 성(性)과

스크린에서 펄떡거리면서 감히 네 가능성을 부인할 수 없게
만들 심장을 갖기 전에, 네 존재를 예상한 소포 하나를 받았단다.
거기에는 손으로 만든 누비이불과 우습도록 조그만 슬리퍼, 그리고
봉투들로 이루어진 책이 한 권 들어 있었어. 봉투 하나하나에는
첫 주, 첫 번째 이, 등교 첫날 등 특별한 날을 위한 라벨이 붙어
있었지. 이런 특별한 일이 있을 때마다 네게 편지를 써서 적당한
때가 되면 책으로 만들어 주라는 거였어. 멋진 아이디어였지.
네게 너 자신에 대해 이야기해 준다는 게, 네 기록 보관소이자
목격자가 된다는 게 근사해 보였어. 하지만 단 한 통의 편지도 쓰지
않았지. 그럴 수가 없었어. 편지를 쓰려고 하면 어떻게 시작할지를
모르겠더라고. 어떻게 너를 '아직 네가 아닌 너'라고 부를 수
있겠니? 마치 네 이야기인 양 내 이야기를 쓰고 싶지는 않았어.
그런데 말이지, 얘, 실은 내 이야기가 네 이야기야. 기묘하면서도
뻔한 얘기지만 내 몸이 너를 만들었어. 우리는 세포 수준에서 서로
닮았지. 그러니까 이 에세이는 그 누구보다도 먼저 너를 위한
거야. 이 글이 편파적이고, 공격받기 쉽고, 오류도 있지만 그래도
즐거움을 놓지 않으려 한다면, 그건 네게 뭐든 해 보려는 태도가
중요하다는 것을 보여 주려는 내 작은 시도란다. 네 목소리를 다른
이들에게 들려주렴. 하지만 네 목소리가 유일하거나 가장 중요한
것이 아니라는 점은 알고 있어야 해. 이 세상에서 젠더화된 몸을
갖는다는 것에 대해 쓰면서 이제는 네 작고 어린 몸에 생각한단다.
내가 열렬히 토해 내는 유일한 기도에 대해 생각해. 네가 네 몸
안에서 편안하고 그 몸이 네 것임을 알게 되기를. 네 몸이 네게
맞지 않다면 우리가 도울 방법을 찾게 되기를. 네 몸이 기쁨과

권능만을 알게 되기를. 우리가 네게 예, 아니오라고 말할 언어를 주기를. 세상이 네게 다정하기를. 잠에서 깨면 아기침대에서 노래하듯 소리 내던, 자연스러운 너다움을 잃지 않기를. 여자들 사이의 강한 우정을 배우게 되기를. 친절한 사람이 되기를. 외롭지 않기를. 너 자신의 이야기를 쓰게 되기를.

차 례

서론:
글을 읽으면서, 너를 위한 쪽지들

나는 방심하고 있을 때 인상이 나빠 보인다.

무슨 말이냐 하면 이런 얘기다. 생각하거나 걷거나 일상적인 일에
몰두하고 있을 때 내 평소 표정은 남들 눈에는 못돼 먹어 보인다.
비열하거나, 화가 났거나, 아니면 슬픈 얼굴로 보인다는 것이다.
일면식도 없는 사람들한테서 좀 웃으라고, 기운 내라고, 그도
아니면 그냥 그런 표정 좀 하지 말라는 말을 듣곤 했다. 분하지만
그런 말을 들으면 나도 모르게 얼굴을 찡그리며 억지웃음을 짓곤
한다. 스트레스를 받는다. 그러면서도 내내 속으로는 뭔가 재치
있게(그리고 그다지 재치 있지는 않게) 되받아칠 말이 없을까
생각한다. 눈을 홉뜨고 혀를 쏙 내미는 상상을 한다. 겉으로는
웃으면서 속으로는 정반대의 생각을 할 때도 있었다. 그런 말을 한

낯선 사람에게 가운뎃손가락을 들어 올리는 것이다.

왜 그럴까?

모르는 사람이 꼭 욕먹을 소리를 했다는 말은 아니다(솔직히 말하자면 욕먹어 마땅한 경우가 많긴 하다). 그보다 내가 손가락 욕을 하는 상상을 한 까닭은, 여자에게 웃으라고 말할 때는 여자를 한참 아래로 내려다보는 태도가 깔려 있기 때문이다. 이렇게 웃기를 강요하는 사람이 좋은 뜻에서 그랬건 재수 없는 사람이라 그랬건, 서구에는 여자들에게 어떻게 생각하고, 느끼고, 행동해야 할지를 일러 주는 오랜 역사가 있다. 그리고 남들에게 어떻게 보여야 하는지에 대해서도. 이런 역사는 복잡하다. 다양하기도 하다. 상대의 인종, 성, 민족, 계급 정체성에 따라 다르기는 해도 쉽게 요약하자면 이를 가부장 문화의 역사라 부를 수 있을 것이다.

*

내 경우를 말하자면, 그런 가짜 미소를 짓지 않도록 스스로를 훈련해야 했다. 십 대 소녀에게 가짜 미소는 신경 틱 증상과 비슷하다. 그러다 보니 진짜로 웃을 일이 생겨도 잘 웃지 않게 되었고, 웃을 일 자체가 줄었다. 여성해방운동에서 내가 "꿈꾸는" 행동은 미소 짓기를 거부하는 것이다. 모든 여자가 당장 "남의 비위를 맞추기 위한" 미소를 버리고, 자기가 즐거워할 일이 생길 때만 웃자는 것이다.[1]

*

수상록(Essais). 이 책이 포함될 시리즈의 이름이다. 이 책은 비평과 문학 이론, 대중문화, 페미니스트 사상의 틈새에서 페미니즘에 대해 써 보려는 기록이다. 나는 그 방법론과 인식론적 노선들의 교차로에 있다. 나는 나에서 쓰고 있다. 지식이 상황에 따라 달라진다는 입장에서 작업하며, 여성과 그 밖의 소외된 사람들의 길고 다양한 전통 속에 나 자신을 집어넣고 있다. 또한 자신의 특권에 대해 일말의 의심도 없이 나를 사용해 말하는 주체들의 또 다른 긴 전통 속으로 난입해 판을 뒤집고 있다. 나, 나는 그 특권에 대해 두 번, 세 번, 네 번까지도 생각한다.

나는 내가 누구라고 생각하는 것일까?
*

2016년 4월, 《월러스》라는 잡지에 제이슨 구리엘이 쓴 「난 당신 인생에 관심 없다: 왜 비평가들은 에세이에서 개인적인 얘기를 그만해야 하는가」라는 글이 실렸다. 이 글에서 구리엘은 고백과 비평 형식을 뒤섞는 데 개탄한다. 자기 생각에만 빠진 형편없는 고백은 순수하게 비평이 될 수도 있었을 글의 효과를 약화시킨다.

(수질 얘기라면 몰라도 순수함에 관한 주장을 들으면 움찔하게 된다.)

학자로서 냉정하고 공평무사한 독자, 작가, 교사, 비평가가 되도록 훈련받았지만, 이런 글에는 짜증이 났다. 읽으면서 참을 수 없이 불편했다. 내가 공격받기 쉬운 존재가 된 기분이었다. 내게 큰 영감을 주는 작가들을, 나를, 작가들의 의도적인 문체와 장르

선택을 겨냥해 하는 말처럼 들렸다. 교사로서, 독자로서, 작가로서 내 지식의 위치를 찾으려는 모든 작업이 갑자기 무례하게 무시당한 기분이었다.

구리엘이 어떤 사람인지는 잘 모르지만 인터넷을 찾아보니 야구, 특히 토론토 블루 제이스 팀을 좋아하는 모양이다. 그러니까 그 점에서만큼은 우리에게 공통점이 있는 셈이다… 하지만…

대학원 첫 주에도 비슷하게 공격 대상이 된 기분을 느낀 적이 있었다. 동료 학생(남자)들과 함께 야외에 앉아 담배를 피우고 있었는데 다들 마거릿 애트우드를 얼마나 싫어하는지에 관한 이야기로 화제가 흘러갔다. 나는 애트우드를 싫어하지 않았다. 그녀의 글도 싫어하지 않았다. 그들이 애트우드는 형편없는 글쟁이고 재수 없다고 목청 높여 떠드는 것을 들으면서 나는 조용히 입을 다물고 있었다. 목소리를 높이지 않았다. 애트우드를 옹호하지 않았고(그녀에게 굳이 내 도움이 필요했을 것 같지도 않다), 그 당시 내가 좋아하는 작가들에 대해 이야기하지도 않았다(궁금하다면 말해 주겠는데, 이든 로빈슨이다). 그냥 앉아서 담배를 피우며 이야기를 들으면서 자동차 계기판 위에 올려놓은 인형처럼 고개만 끄덕였다.

*

그 당시 나는 내 의견을 혼자 속으로만 숨겨 두는 사람이 아니었다. 그런데 그때는 왜 그랬을까?

그리고 구리엘의 글이 왜 그렇게 거슬렸을까?

*

지금도 <u>그렇다</u>. 왜 그 글이 <u>그렇게</u> 거슬릴까?

*

구리엘의 글이 나온 지 한 주쯤 지나서 맨디 렌 캐트런이 「당신은 내 삶에 관심을 가져야 한다: 일인칭 대명사는 사소하지 않다, 그것은 핵심적이다」[3]라는 반박문을 실었다. 그녀는 구리엘의 입장이 왜 문제인지 핵심을 찌르는 여러 이야기를 언급했다.

예를 들자면, 고백적인 글을 나르시시즘과 나태함과 뒤섞은 의도가 무엇인가?

또는, 모든 글에는 우리의 주관적이고 개인적인 경험이 깊이, 본질적으로 침윤되어 있다. 얼마나 많은 특권을 누리기에 이런 당연한 사실도 모를 수 있단 말인가?

타네하시 코츠, 티머시 투, 제임스 볼드윈 등 수많은 작가가 극단적으로 나의 관점에서 글을 쓴다. 그들의 '나'의 입장이, 그들의 경험이 주변화된 것이기 때문이다.

그렇지, 읽으면서 나는 고개를 끄덕였다. 그래.

*

하지만 어느 쪽 글에도 여성들에 대한 언급은 없었다.

'나'로 글쓰기가 여성적이라고 슬쩍 암시했을 뿐, 여성에 대한 언급은 없었다(왜냐하면 국외자/내부자 로버트 로웰을 제외하고는 고백은 여성적인 장르이니까. 앤 섹스턴, 실비아 플라스, 로버트 로웰. 자신들의 정직함으로 세상을 쪼개서 여는 시인들. 나는 학교에서 그들의 진실성을 불신하고 도를 넘는 여성스러운 헛소리로 읽도록 배웠다. 그들의 자살을 통해 그들의 글을 나약함의 증거로 읽도록 배웠다. 그들의 시는 자신을 너무 많이 드러내면 안 된다는 경고 조의 이야기가 되었다. 내가 좀 과장했지만 사실이 그렇지 않은가?).[4]

*

《월러스》에 실린 글을 보면서 짜증이 났던 이유는 그 글이 공적 공간에서 나에 대해 말할 수 있어야 하며 자신의 삶에 대한 권한은 자신에게 있다고 인정해 주는 것의 중요성을 지겹도록 오랫동안 무시해 온 문학적 전통의 연장선 위에 있기 때문이다. 말할 권리를 정당화하지 않고서도 나의 이야기를 할 수 있는 사람들이 누구인가? 존재할 수 있는 사람들이 누구인가? 여자들은 아니다. 유색인종 여성도 아니다. 유색인종은 아니다. 퀴어들은 아니다. 트랜스젠더들은 아니다. 장애가 있는 사람들은 아니다. 잘 보면 그렇지 않은 사람이 엄청나게 많다. 그렇다면 왜 나가 그렇게 쉽게 무시당하는가?

왜냐하면, 내 생각에는, 위험하기 때문이다. 말하는 이들에게. 현 상황에.

*

나는 여기에서 위험을 무릅쓰고 있다.

*

이 책을 처음 쓸 때는 안내서를 쓸 생각이었다. 페미니스트 킬조이라는 사라 아메드의 개념에 대한 입문서를 쓰려 했다. 페미니스트 킬조이란 성냥을 그어 신나게 가부장제 문화의 말라빠진 껍데기에 던지는 불경스러운 인물이다.

핵심 용어와 퀴즈와 열 개의 쉬운 단계들을 제시하려 했다.

*

막상 해 보니, 열 개로는 모자란다.

*

막상 해 보니, 이것은 안내서가 아니다.

*

왜 나는 이렇게 나에 집착할까? 어느 날 저녁 소중한 몇 주를 스페인에서 보내면서 광장의 작고 어두운 카페에 파트너와 앉아 있을 때 이 질문을 던졌다. 아기를 낳은 뒤로 단둘이서만 외출할 기회가 아주 드물다고 하면 너무 뻔하게 들리겠지만 사실이기도 하다. 그 드문 때에는 서로 좀 더 가까워지는 기분이 든다. 다시 한번 예전처럼 공공장소에서 함께 있고 생각하고, 이야기하고 생각하고, 그러다 생각에 잠겨 침묵에 빠져든다.

물론 이것은 과장법이다. 그날 저녁 진짜로 그가 무슨 생각을 하고 어떤 감정을 느꼈는지는 모른다. 내가 묘사할 수 있는 것은 작은 테이블의 내 쪽 자리에서 내가 보고 느끼고 관찰한 것뿐이다.

그리고 그에게 질문을 던지고 함께 실마리를 더듬어 가면서 비로소 깨달았다. 나는 교차점이 아니라 작은 틈새다. 구멍이다. "연결될 수 있음"(우리 갓 입학한 신입생들이 그토록 애타게 무엇에서나 찾아다니는 특징)이 아니라 연결의 가능성이다. '나'는 때로는 친밀하다, 그렇다. 하지만 완전히 다를 때가 더 많다. 그러나 나는 들어 달라는 초대다. 누군가의 몸의 생각과 가능성의 길을 따라오라는 초대다.

1990년대와 2000년대에 내가 학문적으로 훈련받은 언어에서, 나는 관점 인식론이 중요한 이유다. 우리는 젠더화, 인종화, 계급화된 다른 사람들의 경험에 맥락을 고려해 접근하는 법을 배워야 한다. 우리 자신의 경험을 맥락적인 것으로 접근하는 법을 배워야 한다. 그리고 나는 경험의 그 모든 흐릿한 경계선에 붙일 수 있는 놀랍도록 지저분한 약칭이다.

개인적인 것과 비평적인 것, 다시 말해 이론적인 것, "딱딱한" 것이 만나는 교차점은 내게도, 이 책에도 중요하다. 창의적인 논픽션은… 사실, 삶, 시공간 속에 몸을 갖고 있는 데 따르는 문제점들을 입증하는 흥미로운 산문이다.[5]
*
이 책을 시작하면서 내가 작가라고 생각지는 않았다. 선생이라고 생각했다. 뭐니 뭐니 해도 중등교육 과정 이상의 교육기관에서 근 십 년 동안 교편을 잡았다. 박사 논문을 썼고 우스꽝스러운

학사모도 썼다. 5년 가까이 페미니즘을 연구하는 블로거로 활동했다. 문학 분야의 캐나다 여성 위원회에서 의장을 지내기도 했다. 이 위원회는 캐나다 문학 문화에서 표현상의 정의를 발전시키는 데 주력하는 전국적인 비영리 조직이다.

내 말은, 어떻게 써야 할지는 알 것 같았다. 단지 작가가 아니었을 뿐이다.

*

인제 와서 보니 이용권, 소유권, 에이전시 등에 관해 물어볼 것이 한둘이 아니다. 인제 보니 좋은 아이디어를 내고 중요한 생각을 전하는 자리에 끼워 달라고 하는 것과 진짜로 끼는 것은 다른 일이다. 나 자신의 이야기를 써서 작가가 되자면 수많은 다른 레벨에서 해야 할 일이 너무나 많다. 여성혐오, 인종차별, 동성애혐오, 트랜스젠더혐오, 장애인 차별, 계급 등등의 공격에 각기 다르게 영향받는 다른 사람들과 함께 서려면 먼저 내가 어디에, 어떻게 서 있는지 알아내야 한다.

그러자 비로소 독자의 문제에 맞닥뜨렸다. 누가 이 책의 독자인가? 스스로에게 질문했다. 다른 이들에게도 질문을 받았다. 그런데 확신이 없었다. 말할 수가 없었다. 우리가 배운 대로 몇 마디 말로는 부족했다. 짧고 굵게 마음을 움직일 말이 준비되어 있지 않았다.

*

나는 이 책을 모두를 위해 쓰고 있는 것 같다. 그리고 나 자신을 위해. 그리고 내가 글을 쓸 동안 낮잠을 자고 있는 어린 것을 위해. 물론 자기 생각에만 빠져들 위험이 있다. 받아들이겠다. 그 위험을 감수하겠다.

쓴다는 행위는 나, 내 생각, 내가 세상을 헤쳐 나가는 방식을 다시 한번 "구체적으로" 반복하여 그려 보는 것이다. 내가 다른 이들을 보는 방식과 나 자신을 보는 방식을 다시 한번 반복하는 것이다.
*
그래서 《월러스》의 글이 왜 그렇게 거슬렸는지, 애트우드를 옹호하지 못한 것이 왜 마음에 걸리는지, 당신이 읽고 있는 이 책에 대해 가족에게 어떻게 말할지, 페미니즘에 대해 학생들에게 어떻게 말할지 생각하면서 깨달은 것들을 여기에 쓰게 되었다. "나는 여성화된 존재여서 자기애가 강하며 저자가 되기에는 부족한 위치이다" 등등의 주장들이 가부장 문화의 산물이라고 생각하게 된 이야기이다.

그러면 가부장 문화가 뭐지, 에린? 어조는 달라도 아빠나 1학년 학생이 묻는 소리가 들리는 듯하다.

(아빠가 마음에 안 든다는 듯이 눈을 치켜뜰 거로 생각지는 말아 달라. 내 학생들도 그럴 거로 생각지는 말아 달라.)

몇 가지 대답을 향해 가는 에세이 — 수상록, 시험, 시도, 노력 — 는 여기에서부터 시작된다.

*

가부장 문화는 사람에서든 사물에서든 남성성을 다른 존재
상태보다 본질적으로 근원적인 것으로 특권화하는 문화다.
가부장 문화, 시스템, 제도, 사회적 상호작용은 이러한 위계질서를
강화한다. 여느 문화에서나 마찬가지로 가부장 문화에서 살다 보면
규칙과 규제뿐 아니라 거기 맞추는 법도 거의 즉시 배우게
된다. 가부장 문화는 공정한 문화가 아니라는 점을 알아 둘 필요가 있다.
여성과 여성으로 분류되는 사람들에게 부당하며, 이런 부당함이
똑같지도 않고 모든 사람이 같은 식으로 경험하지도 않지만,
남자들에게도 부당하다. 여느 문화나 존재 방식과 마찬가지로
가부장 문화는 이해하기 어려워 보인다. 우리의 심리와 행동 방식
속에 너무나 깊이 뿌리박혀 있어서 바꾸기도 불가능해 보인다.

나도 모르게 얼굴을 찡그리거나 미소를 짓거나, 기계적으로
반응하는 나 자신이 싫고 기계적인 반응을 요구하는 타인이 싫을
때 이런 문화가 얼마나 깊이 뿌리박혀 있는지를 가장 날카롭게
의식한다. 내 반응은 본능 속에 프로그래밍 된 것 같다. 어찌할
도리가 없어 보인다. 자신을 재프로그래밍하기란 너무나도 어렵다.
그리고 자기도 모르게 미소를 지었다가 후회하게 만드는 일련의
연쇄적인 시스템은 둘째 치고, 타인을 눈뜨게 하려면 어디에서부터
시작해야 한단 말인가?

그러나 과학소설 작가 어슐러 K. 르귄이 지적했듯이, 전체화하는
시스템은 불가해하게 보이도록 구축되어 있다. 우리는 자본주의

속에서 살고 있다. 자본주의의 힘에서 빠져나갈 수 없어 보인다. 왕의 신성한 권리도 마찬가지였다. 하지만 인간의 힘이라면 인간이 저항하고 바꿀 수 있다.[6] 부당함에 저항하고 이를 바꾸려면 제일 먼저 부당함을 알아보는 법을 배워야 한다. 그리고 그런 부당한 힘을 언제 보게 되는가는 사람마다 다르다.

*

어릴 때 캐나다 여성 상당수는 같은 일을 하는 남자들에 비해 77퍼센트밖에 보수를 받지 못한다는 것을 알고 충격을 받았다.[7] 어떻게 그럴 수가 있을까? 요즘 세상에? 임금 격차는 옛날얘기 아니었나?

2016년 봄, 《허핑턴 포스트 캐나다》에 「캐나다의 성별 임금 격차: 왜 캐나다 여성들은 여전히 남성보다 덜 버는가」라는 글이 실렸다. 글쓴이 아티 파텔은 캐나다 통계청을 인용하여 최근 임금 격차는 1달러 대 73센트라고 말했다. 다시 말해서 캐나다에서 전업으로 일하는 여성은 캐나다 전업 남성 근로자가 1달러를 벌 때 평균 73센트를 번다는 얘기다. 내가 처음 알게 되었을 때 이후로 임금 격차는 점점 벌어졌다는 것이다. 그리고 파텔이 지적하듯이, 이 수치는 원주민과 유색인종 여성으로 가면 훨씬 더 낮아진다.[8] 그러니 임금 격차가 옛날얘기라는 말은 꺼내지도 말아야 한다.

세상에 뭐 이런 빌어먹을 일이 다 있나?

그 답 — 이 사실에 대한, 내가 쓴 욕에 대한, 왜 내가 대학 강의실에서 임금 격차에 대해 배우기 전까지는 그걸 몰랐는지에 대한 — 은 물론 길고 폭력적인 역사를 지닌 다른 수많은 구조적 불평등과 마찬가지로(인종차별, 식민주의, 동성애혐오를 생각해 보라) 복잡하다. 왜 열여덟 살, 스무 살이 되기 전까지는 이런 임금 격차가 내 눈에 "보이지" 않았을까? 어느 정도는 가부장 문화의 숨겨진 면이기 때문이고, 또 내가 임금 격차를 직접 겪어 본 적이 없어서이기도 하다. 게다가 불공정한 권력 시스템을 표현하고 그 속에서 내 위치를 명명할 언어가 없었다. 또한 어떤 사람들은 내가 앞으로 논하게 될 여러 가지 이유로 나보다 일찍 이를 경험하기도 하지만, 나는 그렇게 경험을 통해 깨달을 기회가 없었다. 말하자면 이렇다. 우리 집은 중산층이었다. 부모님 두 분 다 일을 하셨지만 내가 다섯 살 무렵 엄마가 심장 전문 간호사 일을 그만두셨다. 엄마는 나와 집에 계시고 아빠가 일을 하셨다.

엄마는 집에 계셨다.

마치 아이 양육과 집안일은 일이 아니라는 듯이. 하지만 나는 이런 미묘한 구분을 젠더화된 노동 분할로 보거나 이해하지는 못했다. 게다가 우리 집이 백인에다 중산층이라는 점을 생각하면 부모님은 인종차별의 크고 작은 여파로 임금에 영향을 받는 일은 없으셨을 것이다. 내게는 경험적인 인식이 없었다. 그러니까 이처럼 명백하지만 숨겨진 것, 다시 말해 젠더화되고 인종화된 임금 격차라는 드러난 비밀들을 볼 수 없었던 것이다. 이렇게 결여된 것에 이름을 붙이고 드러난 비밀을 말하는 것이 페미니스트 킬조이의 임무다.

*

페미니스트 킬조이가 된다는 것은 부업으로 할 수 있는 일은 아닌 것 같다.

*

하지만 잠깐. 가부장 문화가 불평등을 만들어 내고 영속화하는 무수히 많은 방식 중 딱 몇 가지만 들기 전에, 왜 페미니즘이 중요한지에 대해 먼저 이야기해야겠다.

*

가부장 문화를 더 공정하고 공평하게 바꾸는 첫걸음은 페미니즘에 대한 긴급하고 절박한 필요성을 인식하는 것이다. 그렇다, 아직도. 그렇다, 2000년대에 들어선 지 몇십 년이 지났어도. 그렇다, 북미에서도, 그렇다, 연립정부를 구성하기 위해서도. 그렇다, 계급을 막론하고. 그렇다, 젠더를 막론하고. 그렇다, 다른 사람들에게 다른 식으로 반복해 말하듯이. 그렇다, 반(反)인종차별주의와 연대하여. 그렇다, 정책 개혁과 협력하여. 그렇다, 자녀를 둔 사람들을 위하여. 그렇다, 자녀가 없는 사람들을 위하여. 그렇다, 필요하다. 그렇다.

*

페미니스트: 현대 생활의 물질적 조건이 젠더, 계급, 인종의 불평등 위에 세워져 있음을 인식하는 사람. 가부장 문화가 여성과 다른 타자들에게 본질적으로 강압적이고 숨 막힌다는 것을 알고 있는 사람. 이런 불평등을 드러내고자 하는 사람이면서 무너뜨리려 하는 사람. 이것이 얼마나 엄청난 일인지를 알고 있는 사람. 포기하지

않는 사람.

*

우리에게 생각하는 방식으로, 세상에 존재하는 방식으로, 아이들을
가르치는 방법론으로 페미니즘이 필요하듯이, 정부에서 정책
변화를 입안할 방법론으로도 페미니즘이 필요하다. 그러나
"페미니스트"라는 말에 여전히 많은 이가 멈칫한다. 그 말은
한물간 말이면서(페미니스트라니, 1960년대에 브래지어를
불태우던 여자들 아닌가? 답: 그렇기도 하고 아니기도 하다)
동시에 정치적으로 위험천만하다(좌파에 성난 남성혐오자들
아니야? 답: 그렇다, 가끔은〔하지만 어떤 조건에서 그렇게
되는지를 물어볼 필요가 있다〕. 아니다, 꼭 그렇지만은 않다).
페미니즘은 물론 복잡하지만, 부담스럽다는 이유만으로 그 말을
내던져 버린다면 그 말을 만들어 낸 역사와 투쟁까지 내팽개쳐
버리는 것이다. 그러면 어떻게 페미니즘 행동주의의 역사를 새롭게
이해하는 동시에, 이 그다지 새롭지 않은 밀레니엄에도 페미니즘
의식이 여전히 꼭 필요하다는 사실을 받아들일 수 있을까?

*

이 책을 시작하면서 아무도 비난하지 못할 것을 쓰고 싶었다.
너무나 명확하고 객관적인 것, 페미니스트의 언어로 말하고
페미니스트로 살아가는 법에 대한 작은 사전이나 번역 표현을
담은 책이 되기를 바랐다. 젠더는 다양해도 내 마음의 어머니들인
다른 많은 작가가 벌써 쓴 것을 쓰고 싶었다.[9] 『자기만의 방』,
『시스터 아웃사이더』, 『고집스러운 주체』, 『탈식민적 사랑의
섬Islands of Decolonial Love』을 쓰고 싶었다. 『모두를 위한 페미니즘』,

『공통 언어를 향한 꿈』을 쓰고 싶었다. 『중립적인 언어는 없다*No Language Is Neutral*』를 쓰고 싶었다.[10]

때로는 나와 전혀 다른 식으로 세상을 헤쳐 나가는 경험을 한 사람들이 벌써 쓴 책들을 원했다.

쓰다가 막혔다.

*

책을 좀 더 읽었다.

*

학생들에게 읽고 쓰기는 대화들을 합쳐서 새로운 대화를 만들고, 때로는 담론의 방향을 바꾸려는 시도라고 했던 말이 떠올랐다.

*

다시 컴퓨터 앞에 앉았다.

*

이 책을 쓰기 시작할 때 임신 중이었다. 다시 쓰기 시작했을 때는 출산 후였다. 내게는 중요한 사실이지만 당신에게도 똑같은 식으로 중요해야 할 이유는 없다. 말하고 싶었던 것은 이 책을 쓰려던 내 첫 시도와 다음 시도 사이에 뭔가 변화가 일어났다는 점이다. 뭔가 미묘한 변화가. 나는 어떤 것들은 느슨하게 늦추었고(내 생각에만 빠진 그런 책은 절대 쓰지 않을 것이다) 어떤 것들은 꽉 다잡았다(그들, 그 책들, 그 사상가들, 당신과 대화할 수 있다).

이 책은 이런저런 시도의 모음이다. 대화를 <u>위한</u> 글이면서 대화에서 나온 글이다. 공유하는 경험과 공간을 다룰 구체적인 제안을 내놓기 위해 비평 이론과 문화적 자료들을 이용한 책이다. 또한 저자의 한계를 지닌 불완전한 책이다. 인상이 나쁜 여자인 나.

*

이 책은 크게 네 부분으로 나뉜다. 이 머리말 다음에는 강간 문화에 대한 장이 나오고, 그다음으로 우정에 대해서, 마지막으로 페미니즘적 보살핌에 대한 장이 나온다. 어떻게 이어질지 모르는 상태에서 한 번에 하나씩 썼다. 그 장들이 취하는 형식 때문에 쪽지라고 부른다. 나는 시간이 마치 작은 포스트잇인 양 짬을 내어 틈틈이 글을 썼다. 앞서 말했듯이 글을 막 쓰기 시작한 직후 우리 딸이 태어났다. 딸이 생후 6개월이 될 때까지 일정이 다 뒤로 밀렸다. 내 파트너는 한 과의 수업 전체를 넘는 양을 가르치고 있었고, 나는 수업 두 개를 맡아서 하고 있었다. 가을에는 아기를 누구에게도 맡기지 않았고, 이 글을 쓰는 겨울에 훌륭한 두 사람, N과 C에게 일주일에 여덟 시간씩 도움을 받았다.

책을 쓸 때의 상황은 이 책에 깊이 영향을 미쳤기 때문에 중요하다. 나는 아기가 잠든 이른 새벽, 늦은 밤, 파트너와 보낼 수도 있었을 짧은 시간을 이용해 틈틈이, 조금씩 썼다. 글을 쓰면 내 뛰어난 편집자에게 보냈고, 편집자는 나와 함께 글을 검토해 주었다. 우리는 내 생각들의 여백에 서로 메모를 썼고, 질문, 제안, 부탁을 담은 이 메모들은 내 글 속으로 합쳐졌다.

그럼 J에게: 이 책은 당신과 함께한 생각이었습니다. 나와, 내

생각과 친구가 되어 줘서 고마워요. 이 책이 나오도록 도와줘서
고마워요.

또한 몇몇 신뢰하는 친구들에게도 쪽지를 썼다. 특히 R이 강간
문화와 그에 대해 이야기하는 법을 생각하도록 도와주었다.
그녀는 내게 "희생자"와 "생존자"를 "인내자"로 바꾸는 편이 더
낫다고 가르쳐 주었다. 강간 문화 속에서 사는 것은 인내와 지속의
훈련이다. 고마워, R. 그러니까, 맞다. 쪽지들. 시간 속 순간들의
기록. 내 대화의 기억에서 나온 쪽지들. 다른 작가들의 생각 여백의
쪽지들. 내 딸에게 쓴 쪽지들. 당신에게 쓴 쪽지들.

이 장들은 학자, 독자, 블로거로서 내가 했던 훈련을 합한 것이다.
이론, 대중문화, 그리고 내가 있다. 젠더에 기반한 폭력이 우리
세계 곳곳에 퍼져 있기에 강간 문화로 장을 연다. 이 머리말의
초고를 쓰고 있을 때 캐나다에서는 미디어의 총애를 받았던
명사 지안 고메시의 재판이 진행 중이었다. 교정을 보면서
유해한 남성성의 문화가 출현하는 방식에 대한 글을 읽고 있다.
스탠퍼드의 강간범, 그의 아버지가 (여성이 쓰레기통 뒤에서
기절해 있을 때 강간했던)<u>이십 분 동안의 행동</u>에 관해 쓴 변명
글이다." 이 글을 고치면서 「심장 고동: 게이 바의 댄스 플로어에
있다는 이유로 학살당한 마흔아홉 명의 아름다운 사람들」을 읽고
있다. 이 글을 고치면서 올턴 스털링을 생각한다. 필란도 카스틸.
댈러스. 배턴루지. 터키. 그리고 리베카 솔닛이 『남자들은 나를
가르치려 한다』에서 썼듯이, 이런 폭력들의 공통점은 여성이

저지르지는 않는다는 것이다. 가부장 문화는 누구에게도 도움이
되지 않는다.

그래서 강간 문화로 시작한다. 그 안으로 뛰어든다. 내가 쓴
내용이 너무나 편파적이고 주관적이어서 쓰기가 어려웠다. 하지만
거기에서 시작한다. 우리는 거기에서 시작한다.

그다음 장은 우정에 관한 것이다. 페미니스트 킬조이에게는 우정이
필요하다. 그리고 우정은 급진적인 행위다. 이 장에서는 여성
사이의 우정과 이 우정이 일으키는 급진성, 주류 문화가 우리에게
여성 간의 우정을 믿지 말라고 가르치는 방식들에 대해 생각해
보겠다. 이 장은 내가 읽은 문학작품 속의 우정 중 가장 중요한
사례 하나를 이야기하면서 마무리하겠다.

마지막 장은 아이 돌봄과 페미니즘에 관한 것이다. 더
구체적으로는 이미 페미니스트였으면서 어머니가 된 나에 대한
것이다. 아이를 돌보는 일이 여전히 젠더화되는 방식에 대해
다룬다. 그리고 도움을 청하는 법을 (다시) 배우는 것에 관한
내용이다. 조금은 사랑 이야기이기도 하다. 나는 아기에게 반했고
엄마이면서 페미니스트 킬조이가 되는 새롭고도 복잡한 모순과
도전들에 반했다.

마지막으로 후기가 있다. 후기 없이 어떤 쪽지가 완결되겠는가? 이
책은 아니다. 여기에서 페미니즘적 행동으로서 거부에 관해 생각해

보고, 페미니스트 킬조이로서 내 작업이 페미니스트/교사/친구/
협력자/어머니로서의 정체성 틈새에서 어떻게 작용하는지 보여
주고자 한다.

*

다시, 인칭대명사 나는 중요하다. 나는 우리가 검토하고, 책임지고,
공간이 필요하다면 공간을 차지할 수 있는 장소다. 페미니스트
학자 도나 해러웨이는 인간의 지각은 제한되고 불완전해서,
편파성을 보여 주는 표식으로 기능할 수 있는 용어가 필요하다고
주장한다. 그녀는 상황적 지식이라는 용어를 제안한다. 자신을
어떤 상황에 놓는다는 것은 자신의 정체성과 경험이 어딘가에서
나온 것이며 인종, 젠더, 계급과 같은 특정한 것들에 의해 매개되고
있음을 기억하려는 의도적인 실천이다. 우리는 이런 요소들을
배치하면서 세계 속에 자신이 존재하는 방식을 더 큰 지식 체계
안에 놓게 된다. 또한 이를 통해 우리의 위치에 대한 근시안적
인식이 드러난다. 우리는 다른 사람들의 경험에 대해서는
근시안적이다. 예를 들어 비욘세의 곡 〈포메이션〉이 나오자
갑자기 백인 청취자들이 마치 흑인성, 저항, 퍼포먼스, 인종차별의
길고 복잡한 역사 따위는 없었다는 듯이 너무 정치적이잖아!
비욘세가 블랙 파워 운동을 하네! 라고 떠들어 댔던 일을 떠올려
보라. 역사는 중요하다. 비욘세의 퍼포먼스를 이해하고 싶다면
미국에서, 세계에서 흑인의 경험에 대해 배울 필요가 있다. 수많은
흑인 여성의 경험에 대해. 역사, 저항, 퍼포먼스, 인종차별에 대해.
〈레모네이드〉를 내려받는 정도로는 부족하다. 그녀의 정치학에
놀란 백인들? 그들은 흑인 경험의 역사를 통해 생각하거나,

배우거나, 귀 기울여야 할 상황에 있어 본 적이 한 번도 없다. 진짜로.

이런 놀람은 근시안이 작동하는 방식 중 한 가지 사례에 불과하다.

지식을 어느 상황에 놓는다는 것은 좋든 나쁘든 당신의 지식이 외부의 사회적 힘에 의해 어떤 식으로 형성되어 왔는지를 인식해야 한다는 뜻이다. 또한 누구나 모든 경험을 접하지는 않는다는 진실에 마음을 열어야 한다는 뜻이기도 하다.
*

내가 스스로에게 계속해서 던지는 질문 ― 내가 정직함을 잃지 않게 하고, 계속 일하게 만드는 질문 ― 은 어떻게 하면 이렇게 자신을 상황화하는 작업으로 인해 초래되는 특정한 것과 일반적인 것 사이의 긴장을 다룰 것인가. 무엇보다도 나와 배경, 민족, 계급이 같은 사람이라 해도 정치학과 경험, 정신(ethos)까지 공유할 수는 없다. 그러나 이것은 출발점이다. 내가 당신의 영향을 받게 만드는 지점이다. 그럼으로써 공간이 열리기를 바란다.
*

여기 나를 상황화하는 데 도움 되는 정보가 있다. 나는 시스젠더(역주: 생물학적 성과 사회적 성이 일치하는 경우)이며, 신체가 튼튼한 여성이다. 그리고 백인이다. 프랑스어와 이탈리아어도 웬만큼 하지만(와인을 한 잔 마시면 더 잘한다) 영어가 모국어다. 중산층 부모 밑에서 자랐고, 우리 부모님은 노동계급 출신의 부모님과 중산층 부모 밑에서 자랐다. 대학

교육을 받았고 박사 학위가 있으며 문학, 문화, 캐나다학을 가르친다. 이 책을 쓰는 지금은 고등교육에 위기가 닥쳐 일자리가 충분치 않아서 실직 상태. 고등교육 경험을 십 년 넘게 쌓았고, 세 개 주의 네 군데 대학에서 교편을 잡았다. 캐나다에서 미국인 어머니와 캐나다인 아버지 사이에서 태어났다. 온타리오주와 노스캐롤라이나주 전원 지역에서 자랐다. 여러 나라에서 살았지만 대부분 캐나다에서 살았다. 지금은 2009년에 계약직 일자리를 얻어서 노바스코샤주에 살고 있다. 나는 대서양 연안 캐나다가 너무나 좋다. 파트너와 나는 안정된 일자리를 찾을 수만 있다면 여기 계속 살 것이다. 나는 남자와 아기, 개 한 마리와 함께 산다. 개가 나를 선택했고, 남자와 나는 서로를 선택했다. 우리는 아기를 갖기로 했다. 우리 가족은 겉보기에는 닮았을지 몰라도 어딘가 좀 이상하다. 우리는 아무 문제 없어 보이며, 이것은 그 나름대로 복잡한 특권이다. 나는 십여 년을 스스로 페미니스트라 생각해 왔다.

요컨대 일자리가 흔치 않고 보수를 받는 일을 얻기 어렵다 해도, 내 정체성을 규정하는 대부분의 범주에서 나는 비교적 적지 않은 특권을 누리며 살았다. 시스젠더, 백인, 계급, 모국어 등 공짜로 얻은 특권의 경험 탓에 페미니스트 킬조이가 무엇인지, 왜 내가 페미니스트 킬조이였는지, 왜 더 훌륭하고 더 적극적인 페미니스트 킬조이가 되고자 노력하고 싶은지, 왜 세상에 더 많은 페미니스트 킬조이가 필요한지 깨닫는 데 시간이 좀 걸렸다. 이 점을 분명히 밝히겠다. 내 정체성에 대해 사과까지는 하지 않겠지만, 내

인종이나 모국어, 젠더 정체성 등 내가 어찌할 수 없는 요소들이 현대 가부장 문화의 좁은 한계 안에 다른 사람들보다 더 잘 들어맞았다는 사실에 솔직해지겠다. 다시 말해 특권이 눈을 가릴 때가 드물지 않기에 내 특권을 "보도록" 노력해야 한다. 당신은 나와 전혀 다른 경험을 할 수도 있고, 그 점은 엄청나게 중요하다. 나는 나에 대해서만 말할 자격이 있을 뿐이다.

자신의 상황을 파악하는 것은 페미니스트 킬조이가 되기 위한 중요한 첫걸음이다.

*

이 책의 제목은 탈식민주의 페미니즘 비평가인 사라 아메드의 블로그 페미니스트킬조이(feministkilljoys)에서 따왔다. 이 내용은 그녀의 모든 책에 잘 나와 있다. 나는 아메드를 읽으면서 취약함이 열어줄 수 있는 공간을 가로지르는 경험을 한다. 그것은 열심히 듣고 배우는 행위다. 그것은 일이다.

아메드의 블로그 구호는 세상을 만드는 프로젝트로써 즐거움을 죽이기다. 이 말은 공격적이면서 희망적이다. 페미니스트 킬조이의 비유와 다르지 않은 역설이다. 혹은 페미니스트 킬조이가 된다는 것에 대한 쪽지와 에세이로 이루어진 책과도 비슷하다. 세상 돌아가는 데 관심이 있고, 불공정에 분노하다 낙담하고, 뭔가 하고 싶다는 욕망에 불타는 사람이라면 당신은 이미 페미니스트 킬조이다. "즐거움을 죽이는 것이 세상을 만드는 프로젝트"라는 깨달음이 얼마나 대담무쌍한지도 알 것이다. 무엇보다도 현재 상황이 우리 중 많은 이에게 맞지 않는다면, <u>가능할 수도 있는</u> 다른 상태를 향한 노력이야말로 희망의 연습이다.

희망을 품기가 쉽거나 간단한 척하지는 말기로 하자. 이브 코소프스키 세즈윅은 이렇게 썼다.[12] "희망은 마음을 어지럽히는 정도가 아니라 트라우마까지도 남기는 경험이 될 수 있다." 희망의 경험은 숨 막히는 폐에 산소를 불어 넣어 줄 수도 있지만, 다른 가능성이 있다면 꼭 숨 막히는 답답함을 견뎌야만 할 필요가 없다는 깨달음도 가져다준다. 희망의 경험은 로런 벌랜트가 <u>잔혹한 낙관주의</u>[13]라 부른 참담한 실망감과 불안한 무력감을 무릅써야 함을 의미한다. 그러니까 좋다, 희망찬 페미니스트 킬조이가 된다는 것은 복잡하다. 복잡하면서 꼭 필요하다.

페미니스트 킬조이의 역할을 받아들이는 것은 고사하고 페미니스트를 자칭하고 나서기도 쉽지만은 않다. 적어도 내게는 그랬다. 박사과정 1학년 때 강의실에 앉아 북아메리카의 페미니즘 역사에 관한 교수님의 설명을 듣던 기억이 난다. 교수님은 우리에게 종이에 자신이 페미니스트인지 쓰라고 하셨다. 나는 "저는 지금은 여자들도 평등하다고 생각하기에 페미니스트가 아닙니다. 하지만 인종차별과 계급 불평등이 여전히 힘을 발휘하고 있는 데에는 관심이 있습니다."라고 썼다. 나는 나 자신을 잘 안다고 꽤 우쭐했다. 강의실에 앉아서 질문받을 권리를 누리는 것만도 예전의 페미니즘 운동이 거둔 성취 덕분임을 알고 있었다. 그러니까 물론 페미니즘이 중요하다는 것은 알았지만, 북아메리카

페미니즘 역사의 주요 사건들은 이미 다 지나간 일이라고 생각했다. 나는 날 때부터 투표할 권리를 가졌고, 우리 어머니와 할머니도 마찬가지였다. 나는 동등한 권리를 위해 싸운 제2 물결 운동의 혜택을 누렸다(혹은 그렇게 생각했다). 그리고 캐슬린 해나 같은 여자들의 음악과 글에서 내가 옳다고 생각한 것이 다 진짜로 옳지는 않다는 묘한 느낌을 받기는 했어도, 아직 라이엇 걸 운동에 참여하기에는 좀 어렸다. 아직은 아니었다. 대체로 나는 아주 많이 자기 확신에 넘쳤다.

*

스스로에 대해 잘 안다며 우쭐하고 있다면, 실제로는 자기가 생각하는 만큼 많이 알지는 못할 때가 많다.

*

페미니즘이 목표했던 바를 다 이루었다는 내 생각이 틀렸듯이, 페미니즘이 필요하지 않다는 생각도 틀렸다.[14] 완전히 틀렸다. 사실 지금 생각해 보면 내 대답은 페미니즘의 필요성, 다면적인 페미니즘을 이해해야 할 필요성, 내게 특권이 있지만 그 사실을 깨닫지 못하고 있음을 인식하고 반성해야 할 필요성을 보여 주었다. 인정하기 싫지만 2000년대 초에 강의실에 앉아 있으면서 내가 백인이라는 특권 때문에 강의실을 내게 자연스러운 장소로 느낀다는 것을 깨닫지 못했다. 내 시스젠더 — 즉 길에서 사람들이 내 젠더를 읽는 방식과 내 성 정체성이 일치한다는 점 — 가 비교적 물 흐르듯 매끄럽게 세상을 누비고 다니는 공짜 통행증이었음을 몰랐다. 왜 그런 특권을 깨닫지 못했을까? 첫째, 어떤 사람들은 이 세상에 존재할 권리를 인정받기 위해 몇 세대에 걸쳐 싸웠고 지금도 싸우고 있지만, 나는 내 상대적인 특권 덕분에 그런 싸움을 할 필요가 없었다. 둘째, 나는 이성애 규범적, 가부장적, 인종차별적 사회질서의 규율과 규제가 이미 어떻게 내면화되었는지 깨닫지 못했다. 간단히 말해서 어떤 면에서는 내 상대적인 특권 때문에, 또 다른 면에서는 내가 그 시스템의 규칙을 내면화하고 정상으로 받아들이도록 배웠기 때문에 불평등이 일상적으로 영향을 미치고 있다는 것을 몰랐다. (자동적으로 얼굴을 찡그리며 웃는 내 모습을 그려 보라…) 예를 들어 여자들이라면 누구나 다 듣는 "밤에 혼자 걸어 다니지 마라"라는 말이 어찌 보면 페미니즘 이슈라는 생각은 미처 하지 못했다. 당연히 밤에 혼자 집까지 걸어오면 안 된다고 생각했다. 그러다가는 강간당한다(뭐랄까, 사람들이 가득한 파티에서 아는 사람한테 실제로 강간당한 이후로 더는 그 말이 당연하다고 생각지 않게 되었다…). 공포, 죄의식, 희생자 탓하기를 내면화시키는 것이 현재 상태를 그대로 유지하려는 수단임을 알지 못했다. 현재 상태: 가부장 문화라고도 하는 것? 흠, 현재 상태는 평등하지 않다. 여자들에게는 그렇지 않다. 여자로 정의되는 사람들에게 그렇지 않다. 유색인종 여성들에게 그렇지 않다. 동성애자 여성들에게 그렇지 않다. 노동계급 여성들에게 그렇지 않다. 여성 노숙자나 여성 성노동자 들에게 그렇지 않다. 남자들에게조차 그렇지 않다. 다시 말해서 내가 주목하게 된 이런 내면화는 가부장 문화에서 성장한 증후였다.

페미니즘적 개입이 필요한 가부장 문화의 또 다른 중요한 징후는 서로 다른 불평등의 사례들을 연결된 것으로 보지 못하는 것이다.

예를 들어 이 책은 인칭대명사 나를 쓰는 내 관점에서 말하는 페미니즘에 관한 에세이들로 구성되어 있지만, 나는 인종차별, 계급차별, 동성애혐오에 대해서도 내내 많이 생각한다. 왜냐고? 페미니즘에 대한 논의를 발전시키고 페미니스트 킬조이가 되는 데 초점을 맞추고 있기는 하지만, 페미니즘의 목표와 교차하는 다른 불평등과 싸우는 방식을 분명히 보여 주지 않고서는 이를 제대로 할 수가 없기 때문이다.

*

다시 말해서 내 페미니즘은 교차적이다.

*

교차성 페미니즘은 한 개인이나 집단의 삶의 경험을 형성하는 다양한 요소들을 고려하는 페미니즘 방법론 — 세상에 존재하고, 생각하고, 살아가는 방식 — 이다. 페미니즘에 대한 교차적 접근 없이 "여성"이라는 범주를 공통분모로 받아들인다면, 어디에서나 여성이라면 전부 다 똑같은 경험을 공유한다고 생각하기 쉽다. 페미니즘 집단에서 "여성"에 대해 이야기할 때는 보통 "백인 여성"을 뜻한다는 호텐스 스필러스의 말이 이런 주장을 뒷받침한다.[15] 하지만 교차적 접근은 다른 억압적 조건들 — 성차별주의, 장애인차별, 동성애혐오, 인종차별, 트랜스젠더혐오, 계급차별 등등 — 이 상호 연결되는 방식을 고려한다. 한 시스템을 다른 것과 완전히 떼어서 말할 수 없다. 노동계급 백인 여성의 삶의 경험이 상류층 흑인 여성이나 중류층 트랜스젠더 여성, 또는 하반신마비 여학생의 삶의 경험과 동일하지 않다. 법학자 킴벌리 크렌쇼가 지적했듯이, 다른 억압 체계를 볼 때는 교차적 렌즈를 이용하는 것이 현명하다. 교차성 페미니즘 접근은 시간이 걸리고 신중해야 하며 연습도 필요하다. 우리의 인식을 자신의 경험보다 더 많은 것에 맞춤으로써 다른 사람들의 경험에 함께할 가능성 — 필요성 — 을 열 수 있다.

교차성 페미니즘은 어려울 수 있다. 불편할 수도 있다. 하지만 더 정당한 미래를 구성하는 데 반드시 필요하다.

그 강의실에서 순진한 소리를 한 지 십 년도 더 지난 지금, 페미니즘 연구를 통해 많은 것을 얻었지만 아직도 여전히 할 일이 너무나도 많다. 그중 상당수는 다른 사람의 이야기를 들어 주고 배우는 감정적 노동이다. 일상생활에서 가부장 문화가 우리 안에 어떻게 축적되는가를 이해하기 시작하는 일이다. 가부장 문화가 우리 각자에게 다르게 작용하지만, 각자의 삶의 현실이 다 중요하다는 것을 깨달아 가는 일이다. 우리는 각자 자신의 현실 속에서 세상을 살아 나간다. 때로 운이 좋다면 그런 현실들은 공통성을 갖는다. 역시 운이 좋다면 전혀 다를 수도 있다. 그럴 때는 서로에게 배우고 우리의 공감 능력을 실천할 수 있다. 하지만 우리 자신의 근시안을 통해서 보는 때가 너무나 많다. 우리 길만 힘들고 "그들의 길"은 "우리" 문제가 아니라고 생각한다. 완전히 틀린 생각이다. 편협하기 짝이 없다. 비겁한 생각이다. 하지만 또 한편으로는 정상이기도 하다. 최소한 정상으로 통한다.

*

그러면 어디에서 시작할까?

학생들이 던진 질문과 내가 스스로에게 던지는 질문을 생각하고 있다. 압제적 시스템을 해체하고, 분해하고, 불태우는 일이 이토록 엄청나 보이는데, 어디에서 시작할까?

먼저, 우리 자신의 위치를 찾는다. 그다음에 우리의 시야를 넓힌다. 그리고 다시 우리 위치를 찾는다. 그리고 반복한다.

*

자기 위치를 찾기: 나는 페미니스트인가?

맞는다고 생각하는 항목에 모두 표시하시오

(　) 당신은 여성입니까, 혹은 여성으로 정의됩니까?

(　) 당신은 여성이 동등한 권리를 가질 자격이 있다고
생각합니까?

(　) "나는 페미니스트는 아니지만…"이라는 말을 해 본 적이
있습니까?

(　) 당신의 젠더 때문에 할 말을 못 하거나 대화에서
배제되었다고 느낀 적이 있습니까?

(　) 당신의 젠더 때문에 남들의 시선을 받는다고 느낀 적이
있습니까?

(　) 젠더에 대한 발언 때문에 좌절감을 느끼거나/당황하거나/
분개한 적이 있습니까?

(　) 젠더에 대한 의견을 밝히려 했으나 상대방이 듣지 않은
경험이 있습니까?

(　) 당신의 젠더 때문에 행동을 조심하고 있음을 깨달은 적이
있습니까? 예를 들어 밤에 집까지 혼자 걸어가지 않고 택시를
탄다든가, 비행기에서 옆 사람이 공간을 차지해 버려서
팔걸이를 포기한 적이 있습니까?

(　) 세상에서 내 식대로 인정받고 존중받는 법을 선택할 수
없다는 데 좌절해 본 적이 있습니까?

당신이 한 답을 다시 보라. 이 중 여러 질문은 당신이 다른 사람들의 기대에 대해 어떻게 느끼는지 생각해 보도록 요구한다. 즉, 당신이 세상에 존재하는 방식이 어떻게 남들의 기대를 거스르거나, 아니면 당신을 불편하게 만드는지 생각해 보라는 것이다. 그리고 당신의 존재 방식이 남들의 기대를 거스르지는 <u>않지만</u> 그런 타협에 질식할 듯한 기분을 느낀다는 것이 어떤 것인지 생각해 보게 만든다.

우리의 개인적인 감정이 우리의 경험과 우리가 사는 세계의 사회 구조와 기대로 매개되는 복잡한 방식들을 한 단어로 요약할 수 있다. 바로 정동(affect)이다. 정동을 연구하는 학자들은 주관적인 것 같지만 잘 연구해 보면 사회적, 정치적, 문화적 뿌리와 순환 형식을 갖고 있음을 알 수 있는 감정들에 주목한다. 정동은 개인적인 감정이지만 대중 속에서 순환하며 정치적이고 사회적인 것이 되었다.

다시 말해서 "정동"은 감정의 힘이 세계 속의 개인으로서 우리의 신체와 본질에 물리적인 영향을 미친다는 점을 인정하는 포괄적 용어다. 추상적으로 들리는가? 그럴 수도 있지만 이런 경우를 생각해 보라. 사람들이 가득한 방에 있는데 방의 분위기가 갑작스럽게 확 바뀐 경험을 해 본 적이 있는가? 누가 한 말 때문이거나 누군가 방에 들어오거나 나갔기 때문일 것이다. 그런 분위기의 변화가 바로 정동의 작용이다. 식은땀? 빨라진 심장 고동? 어떤 감정을 느낀 결과 팔에 오소소 선 솜털? 그것이 당신의

몸이 만남들의 세계에 속해 있음을 드러내는 정동이다.[16] 정동은
외부의 공적 사건과 그에 대한 개인적이고 집단적인 반응의
조합이다. 나는 우리의 목적을 위해 정동을 젠더화된 신체에서
읽는 방법과 그 정동을 우리가 어떻게 때로는 의식적으로, 때로는
무의식적으로 내면화하고 수행하는가에 초점을 맞추겠다.

*

쥘리아 크리스테바는 여성의 신체가 다른 사람들의 부정적 정동을
세탁하기 위해 어떻게 문화적으로 구성되는가에 관해서 썼다.[17]
나는 실제로 세탁하면서 자주 그 생각을 한다.

*

정동을 연구하는 학자인 아메드는 젠더, 인종, 섹슈얼리티,
문화 간의 교차점을 훌륭하게 이론화한다. 다시 말해서 그녀는
교차성 페미니즘 학자다. 나아가 — 놀라지 마시라 — 자신이
생각하는 과정을 공개하는 교차성 페미니즘 학자다. 이는 관대한
행동이며 보기 드문 일이다. 학자들은 자신이 생각한 것의 초안을
절대로 공개하지 않는다. 학계 사정을 알고 있다면 말이지만,
초안을 공개할 때는 대개 이 발표는 더 큰 규모의 프로젝트의
일부입니다…와 같은 경고의 말로 시작하는 학회 발표문 형태로
나온다. 얘기가 딴 데로 샜다. 한 학자가 다른 학자들이 있는
방에서 발표하는 지나치게 긴 글들은 특권을 내세워 공간을
차지하는 그 나름의 형식이다. 그렇지 않은가?

하여간, 다시 아메드로 돌아가서.

2013년 8월, 아메드는 새 책 『페미니스트로 살아가기』를 쓰는 개인적인 과정과 함께, 더 공적인 글을 쓰기 위해 페미니스트킬조이라는 제목의 블로그를 열었다. 그녀는 이 이중의 프로젝트를 성난 유색인종 여성으로 페미니스트들과 함께한 경험, 혹은 성난 유색인종 퀴어로서 퀴어들과 함께한 경험뿐만 아니라 페미니스트 킬조이로서 가족과 겪은 경험에서 시작하는 것으로 요약한다. 우리는 우리가 대립하는 것에서 아주 많이 배운다![8]

다른 이들이 생각하는 "행복"의 개념과 같은 것에 딴지를 걸어 보는 것이 도움이 된다. 우리 자신에 대해, 아메드가 이 세상과 우리를 관련짓는 것이라고 말한 것에 대해 배울 수 있다. 딴지 걸기에서부터 시작해 보자. 진심이다.

먼저 "페미니스트 킬조이"라는 말에서 시작하겠다. 페미니스트 킬조이가 되는 법에 관한 안내서를 쓸 생각이라고 말씀드렸을 때, 어머니는 걱정하셨다. 왜 사서 고생을 하려고 하니? 굳이 네가 나서지 않아도 고집 센 인간들에 대한 별칭은 충분히 있지 않니? 흠, 그렇기도 하고 아니기도 하다. "킬조이"라는 말은 조롱하는 것 같다. 흥을 깨는 사람, 분위기를 망치는 사람. 사람들에게 "진정해"라고 말하면 다들 더 요란하게 웃는다. 하지만 "페미니스트"라는 말이 붙으면 "킬조이"가 미묘하게 달라진다. "페미니스트"는 너무 자주 본질적으로, 문제적으로 호전적이라고 여겨진다. "페미니스트"와 "킬조이"를 한데 붙이면 서로의 관습적 이해를 교란한다. 이중 긍정? 꼭 그렇지는 않지만, 함께 쓰면 기대와 소위 상식을 효과적으로 혼란스럽게 한다.

*

페미니스트 킬조이는 즐거움으로 통하는 가부장 규범들을
어지럽히는 일에서 즐거움을 찾는다.

*

불태워라! 그녀는 신이 나서 성냥을 긋는다.

*

아메드의 말에 따르면 페미니스트 킬조이는 행복의 교차성
페미니즘 비평의 문맥 안에 놓아야 그 존재가 "말이 되는"
사람이다. 행복이라는 말이 정말로 무엇을 의미할까? 행복의
추구에 관해서라면 학문적으로나 대중적으로나 이미 많은
글이 나왔지만, 유일한 공통분모는 요즘 행복이란 가벼움에
대한 주관적이고 개인적인 경험이면서 사회화되고 상품화된
제품이기도 하다는 것이다. 행복은 찾기 어렵지만, <u>또한</u> 사회적
명령이기도 하다. 자본주의는 행복을 살 수 있다고 암시한다.
자유주의는 행복을 시민권(적어도 북아메리카에서는)의 필수
요소로 단정한다. 신자유주의는 행복이 우리가 사들일 때만
초-유동적이고 초-입수 가능하다고 말한다.

그러나 우리가 관습적인 의미에서 행복하지도 않고, 관습적인
행복이 뜻하는 사회적이고 주관적인 명령에 동의하는지도 확실치
않다면? 행복이 <u>거슬린</u>다면?

아메드는 그런 불편감이 우리에게 중요한 것을 말해 준다고 본다.

행복하다는 것은 가부장제, 자본주의, 신자유주의, 인종차별주의와 같은 지배적인 신념 체계와 동일한 견해를 밝히는 것이다. 아메드에게 행복하다는 것은 우리가 우리에게 기대되는 것과 "일렬로" 줄 맞춰 있다는 뜻이다. 그러나 현대의 삶 중 너무나 많은 부분이 이런 소위 행복에 거슬린다. 여자, 동성애자, 트랜스젠더, 유색인종, 가난한 사람이라면, 다시 말해서 당신이 백인, 이성애자, 경제적으로 안정된 남성과 같은 좁은 정의에 딱 들어맞지 않는 사람이라면 당신의 경험은 당신을 행복하게 만들어 준다고 들은 것과 딱 맞지 않을 공산이 크다. 딱 맞지 않는다는 느낌은 사람을 고립시키고, 소외시키고, 힘을 잃게 만들 수 있다. 또한 행복의 지배적 개념과 맞추려는 시도는 행복해져야 한다는 명령에 따라 자극받는 시스템들이 정상적으로 작동하도록 유지해 줄 수 있다. 이런 불가능한 행복의 해로운 추구는 벌랜트의 잔혹한 낙관주의 개념의 또 다른 형태다.

제한된 사람들만 가질 수 있는 행복. 컨트리클럽, 리조트, 일부 소년들만을 위한 친목 단체에서 얻는 행복. 신체 모독, 인종차별, 트랜스젠더혐오, 여성혐오에서 얻는 행복. 이런 즐거움들은 죽일 필요가 있다.

*

페미니스트 킬조이로 들어가자.

*

킬조이를 이렇게 보려면 배웠던 것을 좀 잊어 버려야 할지도 모르지만, 킬조이는 긍정적인 인물이다. 페미니스트 킬조이는 현재 상태에 만족하지 않는다. 자신에게 처방된 사회적 내러티브에 안주하지 않는다. 젠더나 젠더 수행의 제한된 범주 속에 강제로 구겨 넣어지지 않을 것이다. 인종차별이나 계급차별이라면 무심한 행동이라도 참고 넘기지 않을 것이다. 저녁 식탁의 대화 분위기를 깨지 않으려고 입을 다물고 있지 않을 것이다. 천만의 말씀이다. 페미니스트 킬조이는 세계를 만드는 사람이 되기 위해, 세상에서 자신의 자리를 만들기 위해 행복의 명령이 요구하는 순응을 어지럽혀야 한다는 것을 알고 있는 사람이다. 행복의 명령을 거부하고 현재 상태의 창살을 시끄럽게 흔들고 있다는 비판에 페미니스트 킬조이는 긍정문으로 답한다. "맞아!"

*

그리고 더 시끄럽게 흔든다.

1장:

강간 문화에 관한 쪽지

소녀 시절, 일상적 폭력의 짧은 역사

(안느 테리올트에서)[19]

몇 살 때였는지는 잘 모르겠다. 큰고모가 내 다리를 찰싹 때리면서 그렇게 앉지 말라고 나무란다. 착한 여자아이는 다리를 벌리고 앉으면 안 된다.

*

4학년이다. 집에 돌아오는데 남자애 둘이 교실에서부터 뒤를 따라오면서 내 가슴에 대해 내게 뭐라고 소리를 질러댄다. 나는 아직 브래지어를 하지 않았다.

*

5학년이다. 캠프에서 크리스틴 프렌치의 친구와 같은 오두막에서 지낸다. 우리는 집에 혼자 걸어가기 무섭다고 이야기한다.

5학년이다. 친구와 함께 학교까지 걸어간다. 한 남자가 자기 성기를 내놓고 자위를 하면서 지나간다. 우리는 이런 상황을 어떻게 말해야 할지 모른다. 그저 불안하게 킬킬거린다. 아무에게도 말하지 않는다. 5학년이다. 아이들이 납치당하고 있다. 어린 시절 흔했던 흰색 밴. 자유로운 길고양이들과 사탕 등등. 혼자 가도 좋다고 허락받고 공원에 갔더니 정글짐 아래 한 남자가 있다. 우리가 그의 위에서 놀 동안 자위를 하고 있다. (돌아온 비토 아콘치인가?[20] 지금 생각해 본다. 유감스러워하면서. 분노를 느끼면서.)

*

6학년이다. 반 친구가 내게 똑바로 서 있을 때 양 무릎이 닿지 않는다며 창녀라고 욕한다. 나는 양 무릎을 꼭 붙이려고 애쓴다.

*

9학년이다. 강제로 자기 차에 태우려는 남자를 피해 숲속을 달려 도망친다.

*

고등학생이다. 운전면허를 땄다. 어머니가 내게 앞 좌석 사물함에 넣으라며 후추 스프레이를 주신다. 나는 고마워하며 별생각 없이 사물함에 그것을 넣어 놓는다. 한 번도 생각해 보지 않는다. "왜 후추 스프레이를 가지고 다녀야 하지?" 그저 그래야 한다는 것을 안다.

*

여전히 고등학생이다. 끝없이 계속된다. 파티에서 반 친구 한 명이
술에 취해 끈질기게 치근덕거린다. 웃으면서 그를 피하려다 가구에
걸려 넘어질 뻔한다. 그가 나를 밀친다. 나는 넘어진다. 바로 그때
다른 친구가 방으로 들어온다.

*

더 있다. 아직도 많이 남았다.

*

대학생이 되었다. 브리티시컬럼비아주에 살고 있다. 퀘벡주에 살고
있다. 혼자 유럽에 간다. 앨버타주에 살고 있다. 노바스코샤주에
살고 있다. 뉴브런즈윅주에 살고 있다. 학생이다. 카페에서 일한다.
백수다. 여행한다. 대학원생이다. 아내다. 이혼한다. 교수다.
엄마다. 파트너다. 딸이다. 나 자신이다. 아무에게도 말하지
않았지만, 성폭행을 당한 경험이 있다. 나는 조심한다. 행동을
주의한다. 걱정한다. 마음을 졸인다. 걸어 다니는 대신 택시비를
내야 한다니 화가 나서 미치겠다. 걸으면 무섭다. 사무실에 있어도
무섭다. 밤늦게 혼자 주유소에서 트럭에 기름을 채우고 있으면
무섭다. 문을 잠근다. 밤에 걸을 때는 이어폰을 끼지 않는다.
행동을 주의한다. 가끔 아직도 악몽을 꾼다. 행동을 주의한다.

*

내 아기한테도 행동을 주의하라고 가르치고 있을까? 세상이 벌써
아이한테 가르치고 있나?

*

강간 문화에 대한 쪽지

내 오른발 발등에는 가느다란 흉터가 있다. 눈에 잘 띄지는 않는다. 실은 여름이 와서 겨울 동안 하얘진 발이 햇볕에 그을리고, 살아온 흔적들이 피부 위로 더 두드러지게 드러나면 그제야 좀 보인다. 누가 물어볼 만한 흉터는 아니다. 그런 흉터는 흔하다.

이 흉터는 버켄스탁을 신고 숲속을 달리다가 생긴 것이다. 나를 나무라지는 말아 줬으면 좋겠다. 1990년대였으니까. 실은 아직도 버켄스탁을 신는다. 하여간 어떤 남자가 나를 자기 차에 태우려고 해서 샌들을 신은 채로 숲속을 달렸다. 노스캐롤라이나주의 전원 지역이었다. 한낮이었다. 차 ― 카마로였던 것 같다 ― 에 탄 남자가 걸어가던 내 옆으로 차를 붙였다.

드루어리-버지니아 라인 로드를 따라 걷는 사람들이 그리 흔하지는 않다. 그래서 바로 경계심을 갖지는 않았다. 그는 내게 태워 주겠다고 했다. 나는 고맙지만 괜찮다고 거절했다. 그가 말했다. 왜, 내가 너한테 안 어울려서? 그래서 내가 대답했다. 걷는 게 좋아서요. 그뿐이에요. 그가 말했다. 왜 이래, 태워 준다니까. 내가 말했다. 아뇨, 괜찮아요. 그가 말했다. 이 차에 너를 태우고 말 거야. 내가 말했다. 꺼져. 그리고는 칡과 솔잎을 헤치고 숲속으로 달렸다. 나는 우리 집(부모님은 캐나다에서 아직 일하시는 중이라 비어 있었다)에서 나와 이웃집(은퇴한 분들인데 좋은 분들이라 같이 지내게 해 주셔서 나는 혼자가 아니었다)으로 가던 중이었다.
*
내가 나온 집과 가고 있는 집 사이에는 딱 두 집밖에 없었다.

거리는 대략 2.5킬로미터쯤이었다.

*

나는 길을 따라 달렸다. 나무들 사이로 카마로인 듯한 차가 나와 나란히 길을 달리는 것이 보였다. 창문을 내리고 있었다. 남자의 고함이 들렸지만 뭐라고 말하는지는 들리지 않았다.

담배밭을 가로질러(좋아, 말했다시피 1990년대였으니까. 법정 소송이 있었고 농부들은 소송을 피할 수 있는 것으로 키우던 작물을 바꾸는 중이었다) K의 집까지 왔다. K 대령은 집에 있었는데, 내 고함을 들었는지 바로 나왔다. 나는 그에게 무슨 일이 있었는지 한달음에 쏟아 놓았고, 대령은 밖으로 다시 나갔다. 엽총을 들고 나갔던 것 같지만 조금 전이었던 것도 같고 잘 기억이 나지 않는다. 엽총은 내 상상인지도 모른다. 그때쯤에는 흥분 상태가 조금 가라앉았고 잔뜩 겁에 질렸다. 무서웠다. 살기 위해 정신없이 도망치던 상태에서 무슨 일이 일어났는지 혼란스러운 상태로 바뀌었다. 그래서 K 대령이 밖으로 나가 집 주위를 돌고 있던 차를 노려볼 때, 그가 진짜 엽총을 갖고 있었건 아니건 무기를 가진 사람에게 보호받는 느낌이 들었다. 기분이 좋기도 하고 안 좋기도 했다.

*

좋았다. 쫓기는 데 겁이 나서 샌들을 신은 채로 숲속을 내달렸다. 그랬더니 여기 안전하게 지켜 줄 사람이 있다! K 대령!

좋지 않았다. 내가 과민반응하는 것 같고, 내 두려움이 바보 같아서 무섭기도 했다.

*

그래서 흉터가 생겼다. 달리던 중 샌들 끈 아래 솔가지가 끼는 바람에 상처가 났다. 내가 사는 마을 길을 따라 이십 분가량을 달린 사건에서 남은 것은 그것이 다였다. 발등의 작은 흉터.

우리는 안으로 들어가 레모네이드를 마시고 다시는 그 일을 입에 올리지 않았다. 무슨 말을 하겠는가? 아무 일도 일어나지 않았다.

*

나는 우리 집 앞의 길을 계속 걸어 다녔다. 그럴 수밖에 없었다. 시골이었고, 나는 걷기를 좋아했으니 어쩌겠는가? 하지만 개를 데리고 걷기 시작했다. 한번은 차가 지나가다 경적을 울리기에 무심코 손가락 욕을 했다. 나중에 친구가 전화해서 할아버지와 차를 타고 가던 중이었다고 했다. 내가 말했다. 저런. 미안해. 내 실수야. 할아버지께 죄송하다고 전해 줘.

*

발의 흉터를 보면 화가 난다. 가끔 흉터를 들여다보며 생각한다. 그때부터 강간을 두려워하도록 배운 건가? 더 구체적으로 말하자면, 바로 그때 특정한 종류의 강간을 두려워하도록 배운 걸까? 어린 시절부터 귀가 닳도록 들어 온 "낯선 사람-위험" 주문이 드디어 통한 건가? 통한다는 얘기를 하자면, 위험에 처해 있다는 모호하지만 늘 떠나지 않는 느낌이 드디어 현실이 되었던 건가? 바로 그때 스스로 경계하고 촉각을 곤두세워야 할 필요성이

입증되었던 건가? 아하! 내가 지금껏 내내 위험에 처해 있었구나! 이렇게?

*

화나는 것은 그게 아니기 때문이다. 아니다. 나는 강간에 대해서만이 아니라 강간을 가능하게 만드는 문화적 억압 체계에 대해 그때가 아니라 이미 더 일찍 배웠다. 어느 하나의 사건을 통해서가 아니라 내 몸과 마음에 가해지는 크고 작은 공격들을 통해. 내 행동과 생각을 형성하도록 적극적으로 나를 가르친 느낌, 어조, 담론, 경험 들을 통해. 이런 공격은 내 몸속에 살고 있다. 내 몸은 하나의 기억 저장고다. 우리 모두 그렇다. 그리고 우리가 살고 있는 문화, 다시 말해서 여성들이 안전 때문에 두려워하고 성폭력으로부터 스스로를 보호해야 하는 문화가 구체적이고 추상적인 파괴적 폭력 행위를 실행하거나 소화하도록 가르쳐 온 억압 체계를 낳는다. 여자들은 감시당하고, 규제당하고, 대상화된다. 나는 이를 알고 있다. 어릴 때부터 배웠다. 우리 모두 그렇다. 이것, 바로 이것 때문에 화가 난다.

에밀리 부흐발트는 이렇게 분노를 자아내는 문화를 강간 문화로 정의했다. 그녀는 강간 문화를 남성의 성적 공격을 부추기고 여성에 대한 폭력을 용인하는 복잡한 신념들이라고 말한다. 강간 문화의 사회에서는 폭력이 난폭하지만 섹시한 것으로 보인다. 강간 문화에서 여성들은 성적 발언에서부터 성적인 접촉과 강간 자체까지, 다양한 폭력을 연속적으로 경험한다. 강간 문화는 여성에 대한 물리적, 감정적 테러리즘을 규범으로

용납한다… 강간 문화에서는 여성과 남성 모두 성폭력이 피할 수 없는 현실이라고 여긴다… 그러나… 우리가 어쩔 수 없다고 받아들이는 것 중 상당수는 사실 바꿀 수 있는 가치와 태도의 표현이다.[21]

다시 말해서 강간 문화는 여성들이 강간당하지 않도록 스스로를 보호해야 한다고 배우는 이유들을 요약한다. 그 결과로 남성들은 항상 잠재적인 강간범으로 여겨진다. 나아가 강간 문화는 성별화된 폭력의 모든 면을 포괄한다. 이는 강간 문화가 성별화된 광고에서 대학의 신고식, 술집에서 마시는 술에 약물이 있는지 테스트하는 키트까지 곳곳에 퍼져 있다는 뜻이다. 강간 문화는 성별화된 폭력을 정상인 것처럼 만든다. 강간을 두려워하는 동시에 그런 두려움에 유난 떨지 말도록 가르친다. 내 두려움을 부추기는 힘들은 "자연스러운" 것이기 때문이다. 강간 문화의 효과로 인해 데이트에 강간용으로 약물을 쓰는 문화를 근절하기보다 여자들에게 약물 테스트용 키트를 홍보하고 팔다니 미쳤군이라고 생각하기보다는, '내 술을 테스트해 볼 수 있다니 훌륭한 아이디어인데!'라고 생각하게 되는 것이다. 나 — 우리 — 는 강간을 두려워하는 동시에 어떤 상황에서는 피할 수 없다고 생각하도록 배웠다. 이런 정상화는 리베카 블레이키가 메타-인지라고 부른 순간들을 만들어 냈다. 내가 뭔가를 배우고 있다는 것을 알지만 배우고 있는 것이 뭔지 말로 표현할 언어가 없다.

*

착한 여자아이는 그렇게 앉지 않아.

*

영리한 여자아이라면 혼자 걸어 다니지 않아.

*

너 때문에 겁먹고 너랑 네 할아버지에게 손가락 욕을 해서 미안해.

*

물론 여성 중에는 강간당한 경험이 없는 사람들도 있을 것이다. 하지만 사실 잘 모르겠다. 구글에서 비율을 찾아볼 수 있을지도 모르겠다.[22]

"강간 문화"는 고사하고, "강간"이라는 말을 처음 언제 들어 보았는지 기억을 더듬어 보았다. 기억이 나지 않는다. 그냥 넘길 일이 아닌 것 같다. 물론 어릴 때 지금 같으면 강간 문화라고 부를 만한 격앙된 에너지를 느꼈던 중요한 순간들을 떠올릴 수는 있다. 내게 조심해야 한다고, 정신 바짝 차리라고 가르치던, 결국 내 안전은 내 책임이라고 가르치던 경고의 순간들을 나열할 수 있다. 그러나 강간이라는 단어를 언제 들었는지는 기억나지 않는다. 대학생이 된 후였다. 페미니스트 정치 이론 수업을 들은 후였다. 그러니까, 이십 대가 되어서였다.

내 말을 오해하지는 말기를 바란다. 선택과목 중 하나로 그 수업을 다 듣기 전에도 강간이 무엇인지 알고 있었다. 그러나 솔직하게 말하자면 무엇을 강간으로 "쳐야" 할지는 강간의 극적이고 충격적인 재현, 말하자면 텔레비전 프로그램 같은 것들을 기준으로 삼았다. 〈성범죄수사대: SVU〉. 〈CSI〉. 그런 것들. 나도,

내 친구들도 특히 아는 사이에서의 동의 없는 섹스도 강간이라 할 수 있다는 생각은 꿈에도 해 보지 못했다. 대신 강간에 대해 서로 이야기할 때는 모호하고 불확실한 표현들로 말했다. 끔찍한 밤이었어. 아니, 다시는 개 안 볼 거야. 아니, 그 얘기는 하고 싶지 않아. 난 괜찮아. 아무 일도 없었어.

*

강간과 강간의 망령 — 강간의 모호하고 희미하면서도 사라지지 않는 가능성 — 을 분명히 정의하기가 왜 그렇게 어려운 걸까? 공격 사례가 주류 언론에 나올 때마다 무슨 일이 일어났고 어떻게 일어났는지, 성폭력 혹은 강간이 변명의 여지가 있는 경우였는지를 놓고 왜 그렇게 많은 시간을 들여 고찰하는 것일까? 혹은 더 나쁜 것은 폭력이 대단치 않은 정도였고, 예민한 고발자 편에서 불운하게 오해했거나 과민반응한 것으로 규정하는 데 많은 시간을 들인다는 점이다. 왜 이렇게 말하는 사람의 정당성을 부인하는 데 그렇게 많은 시간과 에너지를 쓰는 것일까? 저는 공격받았어요. 강간당했어요. 다쳤어요. 무슨 일이 생겼어요. 누가 제게 이런 짓을 했어요. 강간에는 사실 엄청나게 다양한 공적, 사적 폭력이 포함되지만, 일반적으로는 강간이 의심의 여지 없이 확실한 폭력으로만 재현되기 때문에 강간이라는 비난을 부인하거나 피할 여지가 생기게 된다. 우리는 강간의 가능성이 유령처럼 어디든 동시에 있다는 것을 금세 배운다. 강간이 유령처럼 콕 집어 말하기 어렵다는 것을 배운다.

*

스티븐 킹의 소설 『그것』을 기억하는지? 무시무시한 광대 —

살인자가 나오는 소설이다. 소설에서 '그것'은 아이들이 가장 깊이 품은 공포의 형태로 먹잇감인 아이들을 사냥한다. 나는 호러 장르를 싫어한다. 다만 호러가 동시대의 불안과 병적 측면을 깊이 반영한다는 학자들의 주장은 인정한다. 그렇다면 나는? 나는 악몽을 꾼다. 아직도 '그것'의 존재에 사로잡혀 있다. 킹이 우리가 표현할 말을 알기도 전에 배운 흐릿한 공포에 형태를 부여했듯이, 믿을 수 없을 만큼 간단명료하게 사로잡혀 있다. 강간과 강간의 유령 모두가 '그것'이다.

*

노스캐롤라이나대학 학부 때 들었던 페미니즘 이론 수업에서, 이제는 페미니즘 텍스트의 정전으로 평가받는 책들을 읽었다. 매릴린 프라이의 『현실의 정치학』, 퍼트리샤 힐 콜린스의 『흑인 페미니즘 사상』, 글로리아 안살두아와 체리 모라가의 선집 『내 등이라 불리는 이 다리』, 캐서린 매키넌의 『국가의 페미니스트 이론을 향하여』였다. 이 책들은 각기 다른 이유로 읽기 힘들었다. 새로운 언어, 새로운 사고의 패러다임, 나와는 인종적, 성적으로 다른 몸 위에 쓰인 지식들.

1990년대 말의 대학생으로 내 위치를 확실히 잡은 이 수업에서 읽은 것들이, 내 젠더화된 몸을 가지고 살아가면서 세상을 이해하는 데 어떤 언어와 생각이 필요한지 파악하기 시작한 첫 번째 자리였다. 바로 여기에서 내 몸이 이미 무엇을 내면화했는지 분명히 말할 언어를 개발하기 시작했던 것 같다.

프랑스어는 다른 방식의 앎을 위한 언어 공간을 만들어 준다. connaitre는 본능적으로 안다는 뜻이고, savoir는 사실 그대로를 안다는 뜻이다. 그 강의실에서 더 정치화된 학생들의 말에 귀를 기울이며 비로소 '그것'에 대한 모호한 지식에 형체를 부여할 말을 찾아내기 시작했다. 나는 눈이 트여 갔던 것 같다(savoir와 관련지어?). 몸으로 이미 알고 있는 것을 표현할 말을 찾아냈다. 가끔은 몸이 아는 것이 "사실"로 보이는 것과 반대될 때도 있었지만. 시는 내게 역설은 실재하고 소중하다는 것을 가르쳐 주었다. 시는 내게 역설은 지식의 한 형태이기도 하다고 가르쳐 주었다.

*

말하자면 이렇다. 우리는 강간에 대해 어떻게 말해야 할지 모른다. 강간의 서로 다른 경험들을 어떻게 구별해야 할지도 모른다. 역사에서 폭력과 예속의 계산된 도구로 강간이 지닌 유해성을 다루는 법을 알지 못하듯이, 동의하에 이루어진 성적 관계에서 때때로 드러나는 측면으로 강간을 논의하는 법을 모른다.

강간, 폭행, 강간 문화를 명확한 용어와 명확한 선을 가지고 정의하지 못하며, 폭력을 다루어 보려고 하지만 거의 언제나 강간을 견뎌 낸 사람을 비난하는 공개 토론의 분위기로 끝내 버린다.

성적 피해와 강간은 형법 특정 조항에 정의되어 있다. 법과 조항 자체는 무엇이 동의를 구성하고 무엇이 구성하지 않는가에 대해 대단히 명확하지만, 그 법들의 적용은 성과 섹슈얼리티에 대해 뿌리 깊게 젠더화된 가정들에서 나오기 때문에 문제가 많다. 즉, 젠더, 성, 섹슈얼리티, 성폭력에 대한 한 사회의 가정은 법이 배심원과 판사들에 의해 어떻게 해석되고 적용되는가에 심대하게 영향을 미친다.

페미니스트 킬조이의 임무는 강간과 강간 문화의 토론을 둘러싼 다루기 힘들고 모호한 분위기를 죽이는 것이다. 킬조이가 할 일은 가부장적 담론, 강간, 강간 문화의 관습적 흐름을 어지럽히는 것이다. 이런 방해 공작, 다시 말해 표현함으로써 훼방 놓는 것은 젠더에 기초하고 성별화된 폭력의 유령을 명확히 드러내어 부인하거나 정당화하기 어렵게 만든다. 그 폭력에 이름을 붙이고, 폭력의 존재 조건을 또렷이 표현하고, 그런 조건들을 바꾸기 위해 노력하는 것이 이런 소위 즐거움을 죽이는 일이다.

*

이 작업에서 낯섦과 낯선 사람의 비유는 뭔가 시사하는 바가 있는 것 같다.

한번 생각해 보자. 강간은 낯선 남자가 연약한 여성에게 누가 봐도 폭력적인 방식으로 저지르는 폭력 행위로 과장되게 표현된다. 우리는 강간과 성적 폭력이 아는 사람에 의해 저질러지는 경우가 숱하게 많다는 것을 알고 있지만, 강간범은 항상 낯선 타인으로 그려진다. 어릴 때 나는 차를 타고 뒤를 따라오는 남자를 무서워하도록 배웠다. 그러나 아는 사람을 무서워해야 할 수도 있다고 가르쳐 준 사람은 아무도 없었다.

〔강간당한 사람들의〕대략 20퍼센트 중 상당수 사례는
강간당했다고 말할 때조차 어떤 강간이라는 것인지를 확인할
필요가 있다. 최근에 내 치료사와 강간범에 대한 해묵은 신화가
얼마나 깊이 퍼져 있는가에 관해 이야기했다. 어머니한테서 받은
호신용 도구는 당신이 알고, 신뢰하고, 어쩌면 사랑하는지도
모르는 누군가의 침실에서 도움이 되지 않을 것이다.[23]

낯선 사람이 낯선 사람에게 끔찍한 폭력 행위를 저지르기도 한다.
하지만 강간범을 주로 문화의 테두리 밖에 있는 특이한 괴물로
병리화하는 것은 부정확할 뿐 아니라 강간 문화를 지속시키는
내러티브다. 강간범을 낯선 "타인"으로 그리면 강간은 "다른"
비인간적인 것이 된다. 강간범을 그가 침범하는 문화 바깥에
놓으면, 강간범은 가부장 문화의 산물이라기보다는 이례적
현상으로 남는다.

내 말의 구체적인 예로, 〈성범죄수사대: SVU〉와 같은 드라마
구조를 다시 생각해 보라. 이런 드라마들은 강간에 대한 심판을
다루고 있지만 좀 이상한 심판이다. 여기에서는 보통 폭력은
이웃이 아니라 괴물과의 조우로 그려진다. 예를 들어 이 드라마의
구조는 폭력적인 사건에서 괴물 사냥으로, 희생자를 상대하는
데에서 법정 안 괴물의 하루로 옮겨 간다. 드라마의 도덕적
구조는 우리에게 폭력을 키우는 시스템을 고찰하도록 요청하는

대신, 폭력의 타자성을 강화하는 경향이 있다. 강간범은 항상 사디스트이며 "정상"이 아니다. 이렇게 되면 벌을 받는 것은 강간범이 보여 주는 차이 — 그의 이질성, 사디즘 — 이지 강간 자체가 아니다.

강간을 낯설고 이질적인 것으로 놔둘 수는 없다. 그런 내러티브는 분명히 도움이 되지 않기 때문이다. 강간당하는 것을 막아 주지도 못한다. 오히려 친구나 지인(또는 사랑하는 사람이나 가족이나 새 데이트 상대나 동료나 상사)에 의해 더 흔하게 일어나는 강간, 여성에 대한 폭력의 일상적인 성격과 그런 폭력을 키우는 문화 구조에 알리바이를 제공한다.

니콜 브로사르는 (강간만이 아니라)여성에 대한 폭력에 관해 이야기하면서 이 점을 분명히 한다. 1989년 몬트리올의 폴리테크닉 학살 사건 직후 발표한 신랄한 에세이 「살인자는 젊은 남자가 아니었다」에서 그녀는 살인자를 "외로운 늑대"로 그려서 다른 사람들과 다른, 특이한 타인으로 만드는 대중매체의 내러티브를 반박한다. 대중매체는 살해당한 여성들을 <u>분노한 총잡이</u>의 희생자로 상징화하는데, 이렇게 되면 대중은 총잡이의 행동이 여성을 비-주체로 보는 역사적, 법적 유산에 근거하고 있다는 사실을 잊게 된다. 브로사르는 이렇게 말한다. <u>모든 점을 따져 본다면 M. L.은 젊은 남자가 아니었다. 그는 모든 성차별적, 여성혐오적 속담만큼 늙었고, 여자에게 영혼이 있다는 것을 의심한 교부들만큼 늙었다. 그는 여성에게 대학 교육, 투표권, 공적 영역에</u>

접근할 권리를 금지했던 입법자들만큼 늙었다. M. L.은 남성 전체만큼, 여성에 대한 경멸감만큼 늙었다.[24]

브로사르는 살인자의 행동이 수치스러운 행동으로 맹비난을 받았지만, 몇 세기 동안 저질러져 왔으며 말과 일상생활에서 지금도 여전히 저질러지고 있는 것과 동일한 폭력 행위일 뿐이라고 주장한다. 그리고 브로사르의 날랜 솜씨를 보라. 그녀는 M. L.의 이름을 제대로 부르지 않음으로써 직접적인 언급 대상이 가질 수 있는 힘을 주지 않는다.[25] 살인자의 이름을 부르기를 거부함으로써 언어폭력이 지속되는 것을 거부한다. 그녀의 말에 따르면 언어폭력은 물리적 폭력과 떼어 놓을 수 없다. 브로사르는 M. L.에게 적절한 이름이라는 스포트라이트를 거부함으로써 그에게 폭력 행위의 악명을 부여하는 것도 거부한다. M. L.과 그의 분노, 그의 총에 대해서만이 아니다. 여성혐오의 역사에 대해서다. 그러면서도 브로사르는 M. L.을 알아볼 수 없을 정도로 익명화하지 않는다. M. L.의 머리글자를 이용해 그의 행동이 그의 책임이라는 점을 분명히 하고, M. L.과 그의 비난받아 마땅한 폭력을 가부장 문화의 긴 역사 속에서 맥락화한다. 브로사르는 M. L.의 이질성을 벗겨 내 그의 행동을 가부장 폭력의 역사 안에 놓는다. 그에게 적절한 이름을 주지 않으면서도 그를 낯선 사람으로 만들기를 거부함으로써 브로사르는 M. L.이 가계의 일부로 출현하는 중간 지대를 구축한다. 그는 폭력의 역사에 묶여 있을 뿐 아니라 거기에서 태어난 인물이다. 그녀는 이렇게 해서 공포로부터 안개를 걷어 낸다.

*

사라 아메드도 낯선 사람의 비유가 갖는 위험에 대해 지적했다.
그녀에게 이 비유는 물신화된 대상이면서 체현된 공포다. 낯선
사람은 매혹적이고도 두려운 존재로, 내가 아는 것의 경계에 숨어
있다. 그리고 그 경계성은 모두에게 — 낯선 사람으로 그려진
대상에게도, 낯섦과 낯선 사람을 두려워하도록 배운 내게도 —
해롭다.

아메드는 「이상한 만남들」에서 낯선 사람들이 공포의 문화적
상품과 도구로 어떻게 유포되는지를 분석한다. 그녀는 또 다른
물신주의인 비유의 물신주의를 제시하기 위해, 마르크스의
상품 물신주의에 대한 설명을 빌려 온다. 마르크스의 설명에서
상품들은 내재적 가치를 통해서가 아니라 물신화된 대상으로서의
위치를 통해 위상과 금전적 가치 두 가지 모두를 얻는다. 아메드는
물신주의를 상품에서 떼어 낸 인물 유형에 관한 생각들, 즉 비유가
물신화되는 방식과 관련짓는다. 다시 말해서 그녀는 엄마, 형제,
낯선 사람 같은 인물 유형의 일반적인 의미가 물신화 기능을 통해
우리 마음속에 스며든다고 주장한다. 그녀의 분석은 낯선 사람의
비유에 집중되는데, 낯선 사람이 역사에서 분리됨으로써 그 자체로
생명을 갖는 하나의 비유가 된다는 것이다. 그러므로 이 비유에
관해 씀으로써 다시 역사를 부여할 수 있다. 하지만 물론 비유를
여전히 물신화된 대상으로 유지해 그것이 얻어 낸 특징들을 그
형태에 담아낼 수도 있다.[26] 실루엣을 그려 보라. 종이로 오려 낸
빅토리아시대 어린이의 검은색 옆모습 같은 것도 좋다. 희미하고

얼굴이 없는 실루엣은 누구라도 될 수 있다. 이제 그것에 살을
붙여 완전하게 만들어 보라. 거기에 몸을 주어 보라. 사람의 형태를
알아볼 수 있지만, 그 형체는 여전히 익명이다. 몸을 주었으므로
낯선 사람은 세상 속을 돌아다닐 수 있게 되지만 여전히 그림자로
남는다. 낯선 사람을 결코 온전히 다 알 수는 없다. 그것이
아메드가 다다른 결론인 것 같다. 낯선 사람은 비유이자 상상할 수
있고 형체를 부여할 수 있는 존재이지만, 특정한 정체성은 언제나
알 수 없는 사람이 된다. 낯선 사람에게 빛을 비추기보다는 그대로
놔두는 편이 더 쉽고 다루기도 낫다.

주류 문화에서 강간에 대한 유일한 내러티브가 괴물이 저지르는
무작위적인 폭력 행위에 대한 것뿐이라면, 이런 근시안적 설명
바깥에 있는 무수히 많은 경험을 말하는 데 필요한 공간과 존중과
언어를 어떻게 얻을 수 있을까? 강간과 강간 문화 — 강간의
유령 — 의 정의와 표현을 둘러싼 모호함을 '강간을 낯설게
만들기'로 표현하면 어떨까? 강간범을 낯선 사람이나 괴물, 외로운
늑대로 비유한다면, 누가 누구를 강간하는가에 초점을 맞출 필요가
없어진다. 특정하지 않으면 사랑하는 사람, 가족, 친구, 동료를 보지
않아도 된다. 우리 자신을 볼 필요도 없을지 모른다. 강간범은 낯선
타인으로 남는다.

푸블리우스 테렌티우스 아페르의 말을 빌려 온다면 더 생산적으로
말할 수 있을 것이다. 나는 인간이다. 그리고 인간이라는 존재에서
그 어떤 것도 내게 낯설지 않다.[27]

*

강간에 대한 공적 담론을 낯설게 만들기 내러티브로 이해하면, 여성들의 강간과 강간 문화에 대한 경험이 어떻게 <u>그들</u>을 자기 자신에게조차 타인으로 만드는지도 드러난다. 몸은 알고 있다. 내 몸은 안다. 그러나 우리는 강간에 대해 이런 식으로 말하곤 한다. <u>네 경험? 아니. 그런 건 중요하지 않아. 넌 피해망상에 빠졌을</u> <u>뿐이야/지나치게 예민해/일어난 일에 대해 오해하고 있어/네가</u> <u>틀렸어. 혹은 네가 자초한 거야/그런 데를 혼자 걸어 다니지</u> <u>말았어야지/네가 잘못했어.</u>

*

이 글을 쓰면서 가끔 숨을 멈추거나 <u>진짜로</u> 손을 비틀면서 컴퓨터 화면을 뚫어지도록 쳐다본다. 심장이 마구 뛰는 것을 느끼기도 한다. 혹은 날카로워진다. 소리 지르고 싶지만, 누구에게 소리 지르고 싶은 건지는 모르겠다. 그리고 분노의 신체적 효과가 다른 식으로 나타나곤 한다. 피로. 절망. 글을 쓰면서 운다. 거기에 또 화가 난다. 콧물이 줄줄 흐른다. 아닌 줄 알면서도 약해진 기분이 든다. 우는 것이 나약함의 표시가 아닌 줄 안다. 누군가 이 글을 읽어 줄까? 읽어 준다면 나를 공격하는 데 이용할까? 벌써 항의 메일을 예상한다.

이렇게 일상적으로 나를 따라다니는 분노를 상기시켜 주는 신체 증상들을 경험할 때마다, 그것들 ― 이런 느낌들 ― 또한 강간 문화의 일부가 된다는 사실을 다시 깨닫는다. 그런 감정들을 처리하고 극복해야 한다는 것을 기억해 낸다. 이것은 <u>일</u>이다.

그리고 그 일이 나를 지치고 화나게 만든다.

*

그러니 우선 여기에서 잠시 멈추어야겠다. 페미니스트 킬조이가
자신의 분노를 어떻게 다룰 수 있을지, 분노가 뭔가를 할 수
있을지, 우리가 분노로 뭔가를 할 수 있을지에 대해 생각해 보기로
하자.

*

누가 화를 내는가?

적어도 프로이트가 여성의 분노, 즉 "과도한" 감정 표현을
히스테리의 증거로 병리화한 이후로, 분노는 너무 많은 것을
아우르게 되었다. 그리고 여성의 감정에 대한 이러한 저평가와
탈정치화는 유색인종에 대해서라면 더 심해진다. 특히 블레어
L. M. 켈리가 말했듯이 흑인 여성이라면 더 말할 것도 없다.
켈리의 말로는 미국 청중이 미국의 무대에서 본 최초의 "흑인
여성"은 노래하는 "흑인 처녀"였다. 백인 남자들이 코르크 태운
재와 분장용 화장품으로 피부를 검게 칠하고는 흑인 남녀 역할을
했다. 이러한 연기는 19세기 중반 엄청나게 인기를 끌었다.
백인 남자들은 코르크 재를 바르고 그로테스크한 큰 입을 그려
조악하게 흑인 여성 분장을 했다. 흑인 여성은 미국 사회에서
백인 "숙녀"들이 받는 보호를 받을 가치가 없는 남성적인
존재였다.[28] 다시 말해서 백인 남성 악사들이 최초로 "유머"라는
명목으로 인종차별과 조롱을 이용하는 대중 공연에서 이른바
흑인 여성을 대중의 입맛에 맞게 재현했던 것이다. 이런 공연에서

흑인 여성들의 분노는 그들의 것이 아니었다. 그들의 분노는 백인 남성의 경멸스러운 연기였다. 그러나 흑인 여성들의 분노가 아니라 인종차별적 재현으로 나타났던 "성난 흑인 여성"에 대한 불완전하고 인종차별적인 비유는 오늘날에도 남아 있다. 백인 관객들은 이 경멸적인 쓰레기를 아주 좋아했다. 유감이지만 지금도 그렇다. 그것은 죽여야 할 가부장적 즐거움의 한 예다.

*

누가 화를 내는가?

*

시안 응가이는 백인 가부장 문화가 강한 정서적 경험, 특히 인종화된 여성들의 경험을 어떻게 희석하는가에 관해 썼다. 예를 들어 응가이는 분노에 관해 쓰기보다는 그녀가 생생함이라고 부르는 감정에 관해 쓴다. 응가이에게 생생함은 감정을 인종화하는 데에서 나오는 부산물이다. 유색인종들이 과도하게 감정적인 인물로 묘사될 때 흔히 쓰이는 "열정적"이라든가 "생기 있는" 같은 표현은 이렇게 위장된 감정 종속화의 두 가지 예다. 으 진 추아가 말하듯이, 과도한 정서[응가이의 작품에서]는 진짜 종속화를 역설적으로 드러내는 한편 (감정이 없는) 합리적 자율성을 백인 남성 주체에게만 부여하는 인종 논리를 보여 준다.[29]

즉 말하자면 이렇다. 감정조차 가부장 문화의 억압적 메커니즘에 영향을 받는다. 우리는 모든 감정을 느낄 수 있지만, 우리의 감정이 적절하게 받아들여진다는 보장은 없다. 백인 여성, 유색인종 여성, 유색인종, 각기 다른 장애가 있는 사람들, 동성애자, 트랜스젠더가 드러내는 분노는 생생함, 히스테리, 타자성 등 다른 것, 덜 강력한 것으로 재현된다.

내 친구이자 동료인 R이 보내 준 쪽지를 보면, 가부장제는 여성과 다른 타자들이 경험하지 못하는 (그 단어가 갖는 본래 뜻 그대로의) 즐거움이다. 그러나 백인 여성으로서 나는 백인 우월주의의 즐거움을 경험할 수 있다. 나는 남성들이 가부장제의 "즐거움"을 경험하듯이 백인 우월주의와 백인의 특권들이 주는 "즐거움"을 축복받은 무의식 상태에서 경험한다. R의 말뜻은 내가 죽일 필요가 있는 이런 "즐거움"의 덕을 보고 있다는 것이다. 나는 인종차별을 통해 생각하고, 그것을 거스르고, 내 삶의 정당성을 부인하려는 시도에 맞서는 힘든 일을 매일 하지 않아도 된다. R의 말뜻은 나 같은 백인 여성들은 훨씬 살기 편하다는 것이다. 가부장 문화가 나를 괴롭히고 상처 입혀도, 나는 백인이니까 이 불평등한 시스템에서 다른 사람들보다는 더 많은 특권을 누리고 있다는 것이다. 그래서 백인이자 시스젠더 여성으로서 내 책임은 아무리 무의식적이라 할지라도 내가 경험하는 가부장 문화의 "즐거움"에 맞서는 반역자가 되는 법을 배우는 것이다. R이 말했듯이, 우리는 어떤 신체들에 맞서 무기가 되는 법을 배워야 한다. 그리고 신체들이 아니라 시스템에 맞서 다시 무기가 되는 법을 배워야 한다. 다른 사람들은 얻지 못하는 안전지대를 허용해 주는 어떤 "즐거움"을 우리가 어떻게 경험하는지 알아야 한다. 공짜로 얻은 특권에 끼지 않는 법을 배워야 한다. 그런 즐거움은 죽이고 다른 타자들과 연대해서 싸워야 한다.

*

페미니스트의 요청은 집단적인 불의에 대한 격한 감정을 분노로
발전시키자는 요청이 될 수도 있다. 그러나 마치 우리의 분노가
항상 당연히 옳다는 듯이 페미니즘적 감정을 진실의 자리로
만들지 않도록 주의해야 한다.[30]

이것은 페미니스트 킬조이와 다른 고집스러운 주체들에 대한 사라
아메드의 글이다. 아메드는 흑인 페미니스트들의 글, 특히 오드리
로드에 기대어 불의에 대응하는 데 필요한 에너지를 모으려면
분노가 꼭 필요하다고 주장한다. 로드는 이렇게 썼다.

분노에 대한 내 두려움은 내게 아무것도 가르쳐 주지 못했다….
우리의 비전과 미래를 위해 행동으로 표현되고 옮겨진 분노는
우리를 해방하고 힘을 주는 해명 행위다…. 분노에는 정보와
에너지가 가득하다.[31]

아메드의 말처럼 여기에서 분노는 불의에 대한 대응, 미래의
비전이자 하나의 버전, 고통을 지식으로 옮기는 것으로 규정된다.
그녀는 분노가 과거에 대한 반응에서 그치지 않고 미래를 열어
준다고 썼다. 분노는 과거를 잊지 않고 현재에서부터 앞으로
나아가는 수단이다. 분노가 페미니스트 주체에게 힘을 준다면,
분노는 또한 그 주체가 분노를 "읽고" 분노에서 다른 신체적
세계로 "옮겨 가도록" 요구한다.

아메드와 로드 이외에도 페미니즘, 반인종주의, 사회정의 운동을
위한 분노의 힘을 격찬한 작가들이 있지만, 이 두 사람은 내게 왜
분노가 필요하며 우리에게 힘을 주는가를 분명히 밝혀 주었기
때문에 이들에게로 거듭해서 돌아가게 된다.

이들은 왜 분노가 시작에 불과한지도 밝혀 주었다. 다시 아메드의
말을 보자.

분노가 정당해질 때는 억압적으로 될 수 있다. 분노가 우리를
정당하게 만들어 준다는 것은 틀린 생각일 수도 있다…. 감정이
항상 정당하지는 않다. 불의의 경험에서 힘을 얻은 감정이라 해도
그렇다. 페미니즘적 감정들은 간접적이고 불분명하다. 그것들은
싸움을 벌여야 할 지점이며, 그런 감정들을 계속 품고 싸워야
한다.[32]

읽을 때마다 가슴에 닿아 온다. 분노가 정당해질 때는 억압적으로
될 수 있다.

아, 내 말은, 나는 정당한 분노라고 생각했어도 실은 내 주관적인
느낌일 수도 있다는 것이다. 정당화하는 것이다. 내 감정적
반응으로는 확실하니까.

*

나는 이런 억압적인 정당함에 대해 죄의식을 품었던 것 같다.
정말로 열심히 일했고 자격을 넘치게 갖추었는데도 정규직을

얻을 기회를 부당하게 빼앗겼을 때 당연히 화가 났다. 간신히 정신을 다시 추스르고 나서(그렇다, 내 파트너가 몇 달 동안 나를 도와주었다), 입에서 분노의 말이 쏟아져 나오는 것을 막을 수가 없었다. 속이 부글부글 끓었다. 내게서 분노가 스며 나왔다. 다른 이들도 부당하다고 내게 동조해 주었기 때문에 기분은 좋았다. 아주 명쾌했다. 잘못된 일이 일어난 것이다. 그러나 시간이 좀 지나고, 매일같이 분노를 느끼며 몇 달을 보낸 후, 내가 하는 말이 내 말처럼 들리지 않을 만큼 격한 분노로 부들부들 떠는 시간이 지나고 나니, 정당한 분노라 해도 더는 나를 지탱해 주지 못했다. 분노는 나를 지치게 했을 뿐이었다. 지금이라고 상황이 달라지지는 않았지만, 그 부당한 일은 공개적으로 인정되지도 않고 바로잡히지도 않았지만, 여전히 이 분야에서 일한 지 십 년이 넘었어도 안정된 자리를 얻지 못했지만, 내 분노가 다 가시지 않았지만, 내 정당함은 다 타서 소진되었다.

*

어째서?

*

찬찬히 생각해 보면 아메드가 페미니스트 킬조이에게 했던 경고와도 관련이 있다. 페미니스트 킬조이에게 분노가 유용하지 않다거나 불필요하다는 말이 아니다. 사실 아메드는 『감정의 문화 정치학』에서 페미니즘 운동을 위해 분노가 필요하다고 말한다. 나는 그녀의 말에서 경고를 읽었다. 특히 당신의 분노가 정당하고 당신이 옳은 쪽에 있음을 알고 있을 때, 분노가 당신을 옳게 만들어 준다고 착각해서는 안 된다. 자신의 분노를 귀하게 여기지 말라고 아메드는 경고한다. 당신의 분노가 투쟁의 자리가 될 수 있을 때, 당신을 위해, 다른 이들을 위해 그 분노가 억압의 자리가 되지 않게 하라. 당신의 분노 경험이 페미니즘적이고, 정당하고, 이해할 만하다 해도 그것을 부적으로 삼지 말라. 당신의 분노가 종착점이 되게 하지 말라. 당신의 분노 탓에 가부장 문화의 즐거움을 죽이는 힘겨운 페미니즘 삭업을 그만두게 되어서는 안 된다. 당신의 분노에 눈멀어 다른 이들이 다르게 경험하는 분노를 보지 못하게 되어서는 안 된다. 당신의 분노가 보편적이라고 생각하지 말아야 한다. 당신의 분노가 페미니즘적이라는 이유로 모든 여성에게 의미 있다고 생각해서는 안 된다. 당신의 분노에 집착하지 말아야 한다.

*

다시 아메드의 인용문으로 돌아가 보자. 페미니즘적 감정들은 <u>간접적이고 불분명하다</u>. 그렇다면 페미니스트 킬조이는 분노를 어떻게 강간 문화에 대한 합리적인 반응으로 다룰까? 어떻게 하면 분출하는 감정의 순환 고리를 타고 분노가 제자리에서 빙빙 돌기보다는 행동을 취하도록 자극해 줄 수 있을까? 우리는 어떻게 분노와 <u>씨름하는</u> 일을 계속할 수 있을까?

*

가부장 문화의 "즐거움"을 죽인다는 것은 체계화된 억압을 인식하도록 우리 스스로를 훈련하고 그에 맞서도록 조직화한다는 의미다.

분노는 내 안에 갇혀 홀로 빙빙 돌기보다는 외부에 놓여 투쟁의 자리가 될 때 우리를 견인하는 힘을 제공해 줄 수 있다.

분노가 "맞섬"의 형식이라면, 불의의 역사를 넘어서 순수하거나 순결한 위치로 나아가기란 불가능하다…. 분노가 반드시 복수에 힘을 쏟도록 요구하지는 않는다. 복수는 자신이 맞서는 대상에 대한 반응의 한 형태다. 뭔가에 맞선다는 것은 맞서는 대상을 어떻게 읽어 내느냐에 따라 달라진다…. 문제는 이것이다. 그런 읽기에 따라서 어떤 형태의 행동을 할 수 있을까?

분노는 과거에 일어난 해묵은 상처에 관한 것이 아니다. 아메드가 썼듯이, 분노는 잘못을 기억하되 그 자리에 갇히지 않고 미래로 가는 길이 될 수 있다.

*

이제 내 발의 흉터에 대해 다르게 생각해 보려고 한다. 흉터를, 그 사건의 희미하게 남은 자국을 보면 아직도 화가 난다. 하지만 그 일만이 아니라 다른 사건들에 대해서도 느끼는 분노를 읽고 고쳐 쓰고, 읽고 고쳐 써야 할 텍스트로 이용해 볼 생각이다. 내 분노를 나 자신을 위해서, 그리고 다른 이들과 만나고 함께 일하기 위해서 맞섬의 형태로 놓고자 한다. 물론 그것이 바로 이 장의 내용이다. 강간과 강간 문화에 대한 내 분노를 맞섬의 형태로 놓는 것. 적당히 설명하고 넘기려는 데 맞서기. 축소하는 내러티브에 맞서기. 희생자에 대한 비난에 맞서기. 내면화에 맞서 공적 토론의 또 다른 형태로 나아가기.

*

페미니스트 킬조이가 맞서고 있는 그런 즐거움 중 하나로 돌아가

보자. 우리를 분노의 자리, 위험스러운 자기 정당화의 자리로
데려가는 소위 즐거움 중 하나를 통해 다시 생각해 보자.

한 번 더, 널리 퍼진 강간 문화의 "즐거움"으로 돌아가 보자.
강간 문화를 즐거움이라 부르다니 어딘가 좀 이상하다. 그렇지
않은가? 강간을 문화라고 부르는 것도 이상하다. 하지만 사실이다.
아메드가 말하듯이, 페미니스트 킬조이와 다른 고집스러운
주체들은 가부장 문화의 소위 즐거움들이 거슬리는 정도가 아니다.
적극적으로 없애 버리려 하고 있다.

*

나는 성인이 된 후로 내내 대학 캠퍼스에서 일했다. 정말로
캠퍼스에서 어른이 되었다. 개조한 1970년대 포드 통학 버스에서
보낸 (슬프게도 "잃어버린 해"라고 할) 딱 일 년만 빼고, 1997년
노스캐롤라이나대학에서 학부생으로 시작한 이래 대학과
캠퍼스에서 매해를 보냈다. 나는 기숙사에 사는 순진한 신입생에서
권력 시스템을 이해하려 애쓰는 대학원생이 되었고, 수업 조교,
연구 조교, 강사를 거쳐 마지막으로는 박사과정을 마치고 한
학기에 여러 수업을 가르치는 불안정한 노동자가 되었다. 캠퍼스
문화에 익숙해졌다. 대학에 있으면서 내가 누구이며 어떤 사람이
되어 가고 있는지에 대해 뭔가 배웠다. 채플 힐에서, 몬트리올에서,
캘거리에서, 만개한 진달래와 진동하는 등나무꽃 향, 그리고 산, 먼
산에 둘러싸여 흔한 말로 세상을 좀 배웠다.

세상을 만드는 것에 대해 내가 알게 된 한 가지는, 서로 모르는

여자들 사이에서 때때로 말 없는 이해가 생겨난다는 것이었다. 프랭클린 스트리트의 카페에서 신입생으로 처음 일을 시작했을 때가 그랬다. 프랭클린 스트리트는 고전적인 미국의 대학촌인 채플힐의 번화가였다. 가로수가 늘어선 넓은 거리에는 카페와 상점, 식당, 술집이 빽빽했다. 대학 캠퍼스는 거리 남쪽에 있었다. 나무가 울창하고 넓은 사각형 안뜰에 담쟁이덩굴과 등나무로 뒤덮인 옛 건물들이 띄엄띄엄 있었다. 아름다운 캠퍼스였다. 내가 일했던 카페는 북쪽 안뜰 오른쪽 건너편에 있었다. 가을이면 여학생 클럽에 든 수백 명의 소녀가 함성을 지르며 잔디밭을 가로질러 새 여학생 클럽 건물들로 달려가는 모습이 보였다. 캐나다에서 온 내게는 이상하고 당혹스러운 광경이었다. 활기차면서도 여자들의 모습이 숲에서 흘러나오는 라스 폰 트리에(Lars von Trier)의 〈안티크라이스트〉 마지막 장면의 각색처럼 보이기도 했다. 이 장면에서만 파스텔컬러 옷을 입은 여자들이 시끄럽고 행복하다.

하여간 카페는 한밤중까지 열었고 나는 설거지 담당이어서 거의 새벽 한 시가 되어서야 일이 다 끝났다. 물론 정해진 장소를 도는 밴이 있었지만(그게 캠퍼스에서 이동하는 안전한 방법이라고 했다), 내가 일하는 마을 끝까지는 오지 않았다. 캠퍼스 멀리 끝에 있는 기숙사까지 그 차를 타고 가려면 한참 걸렸다. 그렇다, 택시가 있었지만 나는 돈을 아끼려고 일을 하는 학생이었다. 그래서 걸어갔다. 나는 걷는 것을 좋아했다.

어느 날 밤, 나무가 울창한 캠퍼스를 가로질러 집까지 사십 분

거리를 나섰다. 식물원들은 피하고 불 켜진 길로만 가려고 하던 중, 누군가 걷고 있는 것이 보였다. 곁눈질로 보니 여자였다. 우리는 서로를 잽싸게 힐끗 보고는 보조를 맞추어 걸었다. 내가 다른 카페에서 보았던 그 다른 여자는 헤드폰을 쓰고 있었다. 우리는 몇 미터 떨어져서 걸었다. 북쪽 안뜰 노스 쿼드를 지났다. 올드 웰을 지났다. 사우스 쿼드를 지났다. 피트를 통과했다. 언덕을 내려가 다리 밑을 지나고 축구장과 테니스 코트를 지나 힌턴 제임스 기숙사까지 왔다. 우리는 거기에서 길이 갈라졌다. 서로 손을 흔들지도 않았던 것 같다. 하지만 어둠 속을 오래, 말없이 걸어오면서 우리는 서로를 놓치지 않았다. 그것이 내가 캠퍼스에서 배웠던 것 중 하나였다. 여자로서 나 자신의 신체적 안전에 대한 책임과 비난이 다 내 몫이었다.

오, 즐거움.

*

기억해야 할 중요한 점이 있다. 페미니스트 킬조이가 맞서는 소위 "즐거움"은 가부장제의 즐거움이다. 다시 말해서 페미니스트 킬조이는 멀쩡히 제정신인 사람이라면 사실상 전혀 즐겁지 않은 것들에 맞선다.

문화사의 최근 기록 중에서 "즐거움"의 다른 예를 들어 보겠다. 캠퍼스에서 있었던 일이다.

2014년 가을, 에마 설코위츠라는 컬럼비아대학 예술 전공 학생이

자기 매트리스를 들고 수업에 들어오기 시작했다. 기숙사 방에 놓는 싱글 매트리스였다. 상상해 보라. 황백색 테두리에 검은색의 가느다란 세로줄이 있는 회색 매트리스. 얇다. 폭도 좁다. 보기보다 무겁고 축 늘어져서 날라 오는 것이 보통 일이 아니다.

그렇게 설코위츠는 캠퍼스에 매트리스를 가져오기 시작했고, 수업이든, 교회든, 연구실이든 어디를 가나 양팔에 안고 다녔다. 어색하고 다루기 힘든 동반자였다.

그 무게를 지고 다니기라는 제목의 이 인내심을 요하는 퍼포먼스는 그녀가 미술 학위를 따기 위한 졸업논문 프로젝트였다.[33] 또한 캠퍼스 성폭행을 당한 자신의 경험을 널리 알리려는 것이었다. 설코위츠는 2학년 초에 자기 기숙사 방에서 성폭행을 당했다. 22킬로그램 무게의 매트리스를 들고 캠퍼스를 돌아다니는 일은 자신을 폭행하고 강간한 범인이 여전히 컬럼비아대학에 학생으로 있다는 사실에 대한 시각적이고 물리적인 진술이었다. 그는 설코위츠와 다른 여성들을 여러 차례 성폭행한 사실이 밝혀졌는데도 처벌받지 않았다.

설코위츠는 자신의 폭행범과 같은 공간에서 자신이 겪은 폭행의 무게를 지고 돌아다녔다.

*

설코위츠가 그 무게를 지고 다니기 프로젝트를 시작한 지 얼마 안 되어 이 프로젝트는 국제적으로 언론의 주목을 받았다. 전반적으로 언론의 반응은 호의적이었다. 설코위츠의 프로젝트는 용감한 행동으로 비쳤다. 나아가 동급생들과 관심 있는 컬럼비아대학 학생들은 그녀가 매트리스를 나르는 것을 도와주거나, 시각적이고 물리적인 지지의 형태로 자기들도 매트리스를 들고 다니기 시작했다. 순식간에 (가부장적이고 유독한 문화로서) 캠퍼스 강간 문화의 분위기가 마침내 강간을 당한 사람에 대한 비난[34]에서 동의를 가르치는 공간을 만들어 내는 대화 쪽으로 전환되는 듯했다. 드디어 후회와 폭력의 인식 사이에 놓인 믿을 수 없을 만큼 어둑한 영역을 말로 표현할 수 있게 될 것 같았다. 그러나 그런 분위기가 그리 오래가지는 않았다.

2015년 초 설코위츠는 미국 뉴스 웹사이트 《데일리 비스트》 기자인 캐시 영에게서 이메일 한 통을 받았다. 설코위츠에게 보낸 이메일에서 영은 설코위츠를 강간한 폴 넌게서의 말을 인용해 기사를 쓰고 있다고 말했다. 그때쯤에는 설코위츠는 자신의 퍼포먼스에 관한 언론의 관심에 어느 정도 익숙해져 있었다. 정말로, 퍼포먼스에 관해 이야기하는 일이 낯설지 않았다. 설코위츠가 많은 인터뷰에서 말했듯이, 처음에는 강간당한 사실을 신고하지 않았지만 캠퍼스의 다른 여자들에게 털어놓았다.

마지막 문장의 의미를 이해했는가? 처음에는 강간당한 사실을 신고하지 않았다는 부분 말이다. 잠시 당신이 그 점을 어떻게 이해했는지 생각해 보라. 신고하기 조심스러워하는 태도를 이해했는가? 아니면 왜 강간당한 사실을 신고하지 않았는지 이해할 수 없는가?

강간은 세계에서 가장 적게 신고되는 폭력 사건 중 하나다.
게다가 미국 공공청렴센터에서 보도한 바에 따르면 캠퍼스
강간의 95퍼센트는 신고되지 않는다. 95퍼센트. 신고되지 않음.[35]
이게 그렇게 이해하기 어려운가? 이런 사고방식이 실제 경험을
가부장제를 유지하는 내러티브로 바꾼다는 것을 잊지 말아야
한다. 이런 내러티브가 실제 경험을 가부장제의 연속성에 이로운
내러티브로 바꾼다는 것을 잊지 말아야 한다. 자기 분노의
타당성을 부인당한다면 분노를 뚫고 그 너머까지 나아가기
어렵다는 점을 잊지 말아야 한다.

*

캠퍼스 안팎에서 일어나는 강간이 신고되지 않으면 어떻게
되는가? 몸에 행해진 폭력의 이야기에 이름이 붙여지지 않으면
어떤 일이 일어나는가?

*

설코위츠는 학교 당국에 강간을 신고하자 징계 위원회에 출석할
것을 요청받았다. 그녀는 자신이 어떤 일을 겪었고 왜 신고를
주저했는지 자세히 설명해야 했을 뿐 아니라, 어떻게 물리적으로
성폭력이 가능할 수 있었는지 고통스러운 세부 사항까지 다
말해야 했다.[36] 위원회는 강간범이 죄가 없으며, 캠퍼스에서 학생
신분을 유지해도 좋다고 결정했다. 아무런 결과도 없었다. 무사히
넘어갔다. 처벌받지 않고서.[37]

그러나 그 무게를 지고 다니기 프로젝트 소식이 매체에
보도되었을 때의 반응은 내가 말했듯이 대체로 긍정적이었다.
2015년 초, 설코위츠가 영에게서 연락을 받기 전까지는 그랬다.

설코위츠는 줄리 젤링거와 한 인터뷰에서 보통은 내게 말을 걸기
위해 내 강간범을 부수적으로 이용하는 사람들에게는 대응하지
않는다고 말했다.[38] 그러나 영은 끈질겼다. 그녀는 설코위츠에게
그녀가 넌게서와 주고받은 삼십 페이지가 넘는 페이스북 메시지를
가지고 있다고 알렸으며, 이를 확인해 자기 기사에 참고하고
싶다고 했다. 설코위츠는 젤링거에게 이렇게 말했다. 이런 기자가
내 개인 생활을 파헤치다니 끔찍하다. 그녀(영)가 극단적인
반페미니스트이며 나를 망신 주려고 그런 짓을 하려 한다는 것을
그때는 미처 몰랐다.[39] 실제로 영은 설코위츠가 말했듯이 강간범을
옹호하고 피해자들의 신뢰성을 떨어뜨리는 다른 기사들을 쓴 적이
있다.[40]

영은 「컬럼비아 학생: 나는 그녀를 강간하지 않았다」라는 제목으로
기사를 냈다. 이 기사에서 영은 설코위츠가 바로 신고하지
않았으며, 넌게서가 한동안 그녀의 섹스 파트너였다는 사실을
제시했다. 그러나 그 글에 왜 즉각 성폭력을 신고하지 않을 수도
있는가, 왜 지인에 의한 강간이 그토록 대응하기 어려운가, 그리고
무엇보다도 동의한다는 것이 어떤 의미인가에 대한 섬세한 고려는
없었다. 대신 영은 성폭력이라 주장한 사건 이후 설코위츠와
넌게서가 나눈 페이스북 대화 세 페이지를 실었다. 설코위츠의

고발과 증언은 물론이고 그녀의 프로젝트까지 무력화하기 위해 제시했음이 거의 확실한 이 대화는 과연 둘 사이의 화기애애한 분위기를 보여주었다. 일부 발췌한 내용이다.

8월 29일. 소위 강간 사건 이틀 후, 넌게서는 설코위츠에게 페이스북에서 이렇게 메시지를 보냈다. "오늘 밤에 우리 집에서 작은 파티가 있어 ― 멋진 신입생들을 부를 거야." 그녀의 대답:

와우 대박

언제 진짜 시간 내서 사는 얘기 좀 했음 좋겠다. 여름 이후로는 에마랑 폴이랑 다 같이 어울린 적이 없잖아.

맥락을 고려하려면 말하는 방식을 생각해 보아야 하고, 특정한 텍스트, 대화, 진술을 해석하는 방식이 맥락에 따라 어떻게 달라지는지를 보아야 한다. 그러면 이런 짧은 메시지는 어떤 맥락에서 나왔는가?

설코위츠와 넌게서가 서로 아는 사이라는 것. 그들이 친하다는 것.

더 자세히 들여다보자. 여성에 대한 젠더 기반 폭력은 어떤 맥락에서 나오는가? 오드라 윌리엄스가 말했듯이, 여성들이 위험에 반응하는 방식은 흔히 이런 식이다. 굳어 버린다, 달랜다, 문제를 해결한다, 배려한다, 친구가 된다.[41] 잠시 후 다시 이 이야기로 되돌아오겠지만, 여기에서 잠깐 멈추고 윌리엄스의 말을 잘 짚어 보겠다.

여성들은 위험에 이런 식으로 반응한다. 굳어 버린다, 달랜다, 문제를 해결한다, 배려한다, 친구가 된다.

만약 우리가 맥락과 윌리엄스의 말에 대해 생각해 보아야 한다면? 그러면 설코위츠의 메시지가 더 잘 이해될 수도 있다.

*

물론 당신은 나처럼 위험에 굳어 버리고, 달래고, 문제를 해결하고, 배려하고, 친구가 되는 식으로 반응하지 않았을 수도 있다. 그렇다면 이 모든 것이 벌써 이해가 되었을 것이다.

*

맥락을 보자면 몇 가지 질문을 따져 보아야 한다. 대학생 간 성적 관계의 더 넓은 맥락이란 무엇인가? 이런 집단들 속에서 2014년 컬럼비아대학의 연결 문화는 어떤 것이었을까? 그 시기, 그런 문화에서 남성과 여성은 어떤 식으로 행동해야 했을까? 젊은 여성들은 그들의 섹슈얼리티와 독립을 어떻게 다루도록 배웠을까? 그리고 성찰할 시간이 주어진다면, 젊은 여성들은 섹슈얼리티에 대한 고통스럽고 충격적이거나 파괴적인 경험을 어떻게 다시 생각해 보도록 배웠을까?

우리는 아는 사람들 사이에서 일어나는 성폭력과 강간에 대해 정말로 무엇을 알고 있을까?

신문에서 폭행범의 결백을 선언하는 것으로는 충분치 않다. 설코위츠의 퍼포먼스를 넌게서를 모함하는 캠페인이라고 선언하는 것으로는 충분치 않다.[42] 노골적으로 여성을 헤프다고 모욕 주고 강간범은 오해받고 박해받은 젊은이로 그리는 것으로는 충분치 않다. 영의 설명은 우리가 여성을 의심하도록 배운 방식과 딱 들어맞기 때문에 다른 식으로는 읽어 낼 수가 없다. 영의 기사는 설코위츠의 프로젝트를 긍정적으로 읽어 내지 못하게 만든다. 강간 문화에서 작용하는 두 가지 기본적인 문화적 내러티브가 있다. 1) 죄 없는 여성을 강간하는 외로운 늑대/낯선 타인/사디스트 2) 후회나 유명해지고 싶은 욕심에서 자신의 경험을 오해하거나 이용해 소란을 피우는 문제 있는 여성. 영의 글은 두 번째를 따른다. 대중이 설코위츠를 읽어 내는 방식을 바꾸어 놓고, 주류 매체와 문화에서 기대하는 강간 내러티브를 강화한다. 그 일은 여성의 잘못이다. 불가피한 것이었다. 여자 쪽에서 예상했어야 했다. 그리고 결국 그런 일이 닥치게 해 놓고 빠져나오지 못했다면 그건 여자 쪽의 잘못이다. 혹은 영의 기사가 추잡하게 암시했듯이 여자 쪽에서 미리 계획했다. 그런 말 대신 나는 이렇게 주장하겠다. 영의 기사는 대중이 설코위츠를 읽는 방식을 바꾸었다고.

*

예술가의 폭력 경험에 대한 졸업논문 프로젝트가 어떻게 그녀를 좋게 보았자 유명해지고 싶어 발악하는 사람, 최악의 경우에는 거짓말쟁이로 비난하는 도구가 되는가?

*

이것은 가부장 문화의 치명적으로 해로운 효과 중 하나다. 우리는
강간을 겪은 사람들의 증언을 믿지 말아야 한다고 배운다.
여성을 신뢰하지 말라고 배운다. 고발당한 남성이 하지만 저는
페미니스트입니다라고 말하거나, 혹은 단지 고발자가 거짓말을
하고 있다고 말하면 그 순간 바로 고발자를 의심하도록 배운다.[43]
더 분명히 말하자면 언론 매체의 설코위츠 재현은 가부장제의
가장 교활한 효과 중 하나인 강간 문화를 잘 보여주는 예다.

*

페미니스트 킬조이로 들어가라.

가부장 문화의 즐거움을 죽이려면 가부장 문화가 결국 누구의
결백을 입증해 주는지 물어야 한다. 그다음에는 분명히 대답해야
한다. 크든 작든 폭력을 저지른 자, 가부장 문화에 의해 키워지고
우상화된 자의 결백. 그것은 힘든 일이다. 에마 설코위츠를 다시
보자 — 젊은 여성, 예술가, 4학년 대학생, 강간을 당한 사람,
활동가, 대중 지식인. 먼저 그녀의 작업은 사회와 주류 언론에 퍼져
나가며 비교적 긍정적인 반응을 얻는다. 그러다가 그녀가 비난한
강간범이 자신은 페미니스트라고 말한 후 그녀는 거짓말쟁이에
관심 종자가 된다.

에마 설코위츠의 경험과 프로젝트 그 무게를 지고 다니기는
우리가 강간 문화에 대해 생산적이고 치유할 수 있는 식으로
이야기할 방법을 모른다는 사실을 새삼 일깨운다. 정의를 회복하는
일이 힘들기 때문에, 가부장 문화의 가르침을 지우기 어렵기

때문에, 우리는 거듭해서 또다시 비난하고 모욕하는 순환 반복에 빠지기 쉽다. 이렇게 젠더에 기반한 대본으로 돌아가는 것은 여성을 파괴하고, 남성을 파괴하고, 공정한 미래를 향한 희망을 파괴한다.

*

구어 예술가, 작가, 활동가, 교사이며 내가 살고 있는 노바스코샤주 핼리팩스의 전 계관시인인 엘 존스는 최근에 우리가 강간과 강간 문화에 대해 어떻게 말할 수 없는가에 관해 썼다. 그녀는 전직 캐나다 방송 공사(CBC) 진행자 지안 고메시에 맞선 여성의 증언이 어떻게 도리어 여성들에게 불리하게 이용되었는가에 대해 상세히 썼다. 고메시에 대해서는 곧 더 자세히 말하겠다. 엘은 여성들이 온라인 공간에서 강간과 강간 문화에 대해 말하는 경향을 관찰했다. 그녀는 여성들이 성폭력과 트라우마를 처리하기 위해 온라인 공간을 이용했다고 지적한다.[44] 엘의 말에 따르면 디지털 공간은 예를 들면 그를 차마 볼 수가 없었다는 말처럼 실제로 느낀 감정에 대한 여성의 진술이 객관적이고 법적 구성 요소를 갖춘 지원을 받기 위해 심문당하기보다는 다른 여성들에게 인정받는 곳이다.

백인 우월주의 가부장적 언어와 표현이 표준이며, 옳고, 의미를 이해하는 유일한 길이라는 믿음이 널리 퍼져 있기 때문에, 언어가 법에 의하여 해석되는 방식은 수정될 필요가 있다. 언어 사용이 문화적이며 젠더화되고 계급화되어 있다는 사실은 의미 — 그리고 오해 — 가 백인 이성애자 유럽 상류층 남성들의 방식으로 스스로를 표현하지 못하는 사람들에게 강요되고 있음을 의미한다. 이런 의미는 다른 이들에게 강요되면서, 이런 표현을 공유하지 않는 사람들에게서 죄의식, 후회 없음, 혹은 다른 투사를 읽어 내게 만든다. 정의를 추구하고자 한다면 백인 남성이 승인한 언어가 유일한 언어가 아니라 한 집단의 문화적 표현일 뿐임을 이해해야 한다. 그 언어는 다른 이들에게 강요할 수 있는 능력을 제외하고는 다른 어떤 면에서도 다른 언어보다 더 낫거나 더 중요하지 않다. 불의는 시스템 속만이 아니라 문자 그대로 우리가 어떤 식으로 말하는가, 어떤 단어와 누구의 단어가 중요한가, 누가 다른 사람들에게 진실을 정의해 주는가에도 코드화되어 있다.[45]

엘 존스는 어떤 의사소통 방식이 사실상 적합한 방식으로 받아들여지며, 어떻게 다른 앎의 방식은 무시당하게 되는가를 밝힌다. 자신의 감정과 경험에 대한 인정. 상상해 보라. 이럴 수가!
*
사실 상상할 필요도 없다. 구체적인 사례들이 얼마든지 있다.

예를 들어 2014년 가을 앤토니아 저비시아스와 수 몽고메리는 #강간당해도절대신고하지않는다 라는 해시태그를 소셜 미디어에 퍼뜨렸다. 해시태그 아이디어는 CBC 라디오의 인기 진행자 지안 고메시가 여러 명의 여성을 성폭행했다는 주장이 뉴스에 보도된 직후 나왔다. 평론가들은 고발에 초점을 맞추는 대신 왜 여성들이 진작 성폭력 사실을 신고하지 않았는지를 질문했던 것이다.

지금 나한테 장난하나? 나 같으면 이렇게 퍼부어 주고 싶었다. 그러나 저비시아스와 몽고메리는 더 냉철한 방식으로 모멸적이고 사람을 깔보는 질문에 주의를 환기했다. 그들은 강간당했지만, 결코 그 사실을 신고하지 않은 여성들을 지지하는 트윗을 올리기 시작했다.

10월 31일, 수 몽고메리(@MontgomerySue)는 이런 트윗을 올렸다. 그는 상급 승무원이었다. 나는 여름 견습생이었다. 나중에야 희생자가 한둘이 아니었음을 알았다. #강간당해도절대신고하지않는다

그리고

상대는 우리 할아버지였다. 내가 3살부터 9살 때까지였다. 경찰은 왜 내가 그렇게 오래 그 사실을 신고하지 않았는지 궁금해했다. #강간당해도절대신고하지않는다

그리고 2014년 10월 30일, 앤토니아 저비시아스(@AntoniaZ)가 이런 트윗을 올렸다. #나는루시를믿는다 #나는여성들을믿는다 그리고 맞다, 나는 강간당한 적이 있지만(한 번 이상) 단 한 번도 신고한 적은 없다. #강간당해도절대신고하지않는다

그리고

1969년 오락실에 여자애는 나밖에 없고 집에는 부모님도 안
계셨다면 그건 내 잘못이었다. #강간당해도절대신고하지않는다

주류 문화, 소위 백인 가부장 문화는 강간과 강간 문화에 대해
객관적인 용어로 말한다고 주장한다. 그러나 이런 용어들은
정말로 객관적이지 않다. 엘 손스가 지적했듯이 주류 문화의 소위
"객관적인" 언어는 감정, 정서, 관계적 사고, 혹은 구어체를 위한
공간을 내주지 않는다. 대신 화자에게 중립성(마치 그런 것이
있기나 한 듯이), 객관성(마치 객관성이 야심이 아니라 사실이라는
듯이), 논리(가부장 논리 말고도 다른 논리가 많이 있는데도)를
사용하라고 요구한다. 우리는 여성적이거나, 혹은 인종화된 것으로
읽힐 수 있는 언어라면 어떤 것이든 묵살하거나 경계하도록
배운다. 그래서 존스의 생각을 따라가다 보면 왜 디지털 공간이
여성, 유색인종, 퀴어, 트랜스젠더 들이 말할 수 있는 믿을 만한
유대의 장소가 되었는지 알 것도 같다. 디지털 공간은 속어적인
공간이다. 증언의 공간이다. 말 그대로 과잉을 위해, 연결성을 위해,
상호교차성을 위해, 연관된 사고를 위해 고안된 공간이다.

그리고 디지털 공간에서 물 흐르듯 순환하는 대화적, 감정적
언어는 오드라 윌리엄스의 주장을 보여 주는 것 같다. 대화적이고
감정적이며 복잡한 문자 메시지나 트윗 담론은 폭력에 대한
경험을 해결하는 동시에 자신의 내러티브에 대한 통제를 잃지
않는 일이 얼마나 복잡한가를 전달한다.

와우 대박

<u>언제 진짜 시간 내서 사는 얘기 좀 했음 좋겠다. 여름 이후로는
에마랑 폴이랑 다 같이 어울린 적이 없잖아.</u>

굳어 버리다. 달래다. 해결하다. 배려하다. 친구가 되다.

*

여성들은 자신의 경험을 사소한 것으로 보는 경향이 더 강하다.
여성들은 위험할 수도 있는 상황을 서로에게 경고해 주거나
불공평한 대접을 받은 이야기를 퍼뜨리는 데 비공식 루트(이메일
보내기, 소셜 미디어 사용, 수다 떨기, 블랙리스트 만들기)[46]를
이용하는 경향이 더 강하다.

*

오래된 체계상의 문제들을 인식하고, 다루고, 변화시키려면 시간이
걸린다. 고도로 매개된 세계에서 느린 사고는 가부장적으로
가치를 인정받지 못한다. 그러나 반드시 필요한 것이다. 나는
소셜 미디어의 속사포 같은 속도 앞에서 여성혐오, 강간 문화,
불균등한 권력관계의 문제에 대해 어떻게 하면 천천히, 신중하게,
공개적으로 계속 생각할 수 있을지에 관한 토론을 먼저 시작하고
싶다.

이런 긴급한 문제들을 천천히, 공개적으로, 계속해서 생각하려면
어떻게 해야 할까? 내 생각에 여기에서 핵심은 "공개적"이다.
공개한다고 그것이 안전장치가 되어 주지는 않는다. 오히려

여성들에게는 정반대일 때가 흔하다. 하지만 화제에 관심을 잡아 둘 수는 있을 것이다. 불공정을 유지하는 체계적 조건들을 뒤흔들 수 있을 만큼 오래.

*

#강간당해도절대신고하지않는다 해시태그가 퍼져 나간 것이 놀라운가?

*

사실 내가 진짜 묻고 싶은 질문은 이것이다. 왜 루시 드쿠테어가 활동가로서 보여 준 인내심에 귀 기울이고 여기에서 배우지 않는가? 무엇보다도 왜 이를 지지하지 않는가?[47]

*

어떻게 남자들에게 강간하지 않도록 가르칠 것인가?

어떻게 여자들에게 늘 두려워하라고 가르치지 않으면서 강간에 대해 가르칠 것인가?

내 친구 H의 거실과 식당 사이 바닥에 서로 발이 거의 닿을 만큼 다리를 쫙 벌리고 앉아 있다. 우리는 밝은색 발포 고무 타일 위에 앉아 있다. 우리 사이에서 E와 E가 물건들을 주웠다가 내려놓고 있다. 우리 아기들, 딸과 아들이다. 내 딸은 H의 아들보다 한 달 빨리 태어났다. 이 조그만 것들은 너무나 사랑스럽다. 하나는 블록을 집어 들고 허공에 진지하게 흔들어 본다. 또 하나는 고개를 들고 잇몸이 다 드러나도록 활짝 웃고는 다시 주걱으로 작은북을 치는 데 집중한다. 아기들은 8개월, 9개월이 되었다. H와 나는 지난 몇 달 동안 여기에서 이렇게 친분을 쌓아 왔다. 우리는 지금까지 읽고 쓰는 일로 삶의 대부분을 보냈다. 이런 끊임없는 움직임과 소음과 부산스러움이 새롭게 느껴진다. 새롭고, 멋지고, 놀랍고, 어렵고, 미칠 것 같고, 앞뒤가 안 맞는다. 우리 아기들은 꺅꺅 깩깩 소리를 지르고 울고 옹알이를 하고 침을 뱉고, 우리는 이야기를 한다. 우리 둘 다 점점 익숙해져 가면서 서로 친밀해지고 편안한 관계가 되어 가는, 새로운 종류의 이야기다. 대화는 띄엄띄엄 이어지거나 다급하게 주고받거나 우리 사이에서 소란 피우는 이 두 아기한테 신경을 쓰느라 자꾸만 끊어진다. 내가 너무 많이, 너무 빨리 말했다는 느낌에 지치고 흥분된다. 거실과 식당 사이 바닥에 앉아 지켜보노라면 한 주가 지날수록 우리 아이들이 덜 기우뚱거리게 된다. 아기들이 문간의 딱딱한 모서리에 부딪히지 않도록 주의한다.

*

내가 어떻게 그에게 강간하지 말라고 가르칠까?

어떻게 여자들에게 늘 두려워하라고 가르치지 않으면서 강간에 대해 가르칠 것인가?

*

나도 모르겠다. 모르겠다. 지금까지 H와 내가 내놓은 결론은 우리에게는 아직도 때가 되었을 때 우리 아이들에게 말하는 것은 고사하고, 우리가 뜻하는 바를 전할 언어가 없다는 것이다. 그리고 그 때는 금방 올 것이다.

9학년 남자애들한테 강간하면 안 된다고 성교육을 시켰을지 궁금해. H가 말했다. 아기들은 커다란 색색의 나무 블록 무더기로 손을 뻗고 있었다. 내 말은, 내가 받은 성교육의 3분의 2는 어떡하면 강간당하지 않을지에 관한 내용이었거든.

내가 대답했다. 난 아닌데. 시골이었던 노스캐롤라이나주의 우리 고등학교에서는 임신하지 않으려면 남자를 멀리하는 길밖에 없다고 가르쳤어. 진한 애무를 너무 많이 하면 임신하게 될 거고, 그러면 영영 신세 망친다는 거지. 여자아이라면 말이지, 내 말은. 여자아이라면.

우리는 그 말에 서글프게 웃는다. 하지만 입 밖에 내기에는 적절치 않다고 느끼면서도 우리가 당장 관심을 가져야 한다고 굳게 믿는 질문들로 되돌아간다. 이 아이들에게 잘해 주고 싶다. 아이들에게 너무 부담 주지 않으면서도 준비시켜 주고 싶다. 서로에게 그런 얘기를 한 적은 없지만, 우리가 갖지 못했던 것들을 아이들에게 주고 싶다. 상황이 나아질 것이라는 희망을 품고 싶고, 그 변화의 일부가 되고 싶다.

*

오스트레일리아 화가 브래드 버클리가 그린 벽화를 본 적이 있다. 버클리의 〈도살장 프로젝트〉 중 일부인데, 큐레이터인 브렛 러빈은 이 프로젝트는 다양한 관심사들을 고려하고 다루어야 할 문화의 역할과 책임에 질문을 던지는 작품들이라고 설명한다.[48] 인간의 실루엣들 위로 "희망"이라는 단어가 밝은 빨간색 글자로 떠 있다.

러빈이 현대미술에 관해 이야기하고 있고 나는 강간 문화에 관해
이야기하고 있다는 것을 잠시 잊어 주어도 좋다. 양쪽 모두 희망은
뭔가를 위해 이용된다. 뭔가라니, 추상적인 말이 아닌가?

아메드는 뭔가를 한다는 것은 불가능한 요구라고 말한다. 그것은
종종 질문의 형식을 띠기도 한다(내가 무엇을 할 수 있을까?).
불가능하지만 피할 수 없다. 그녀는 우리가 불가능한 질문을
던져야 한다고 주장한다. 불가능한 질문은 미래를 향한 것이기
때문이다. 미래는 물음표이면서 물음이 향하는 표적이라고
아메드는 썼다. 미래의 질문은 정서적인 것이다. 우리가 잘못될
수도 있다는 두려움의 질문이면서, 될 수도 있을 것에 대한 희망의
질문이다.[49] 정말로 이렇게 쓰는 것이야말로 뭔가를 하려는 시도다.

그러나 우리가 무엇을 할 수 있을까? 내가 무엇을 할 수 있을까?

정치적으로, 개인적으로 정서적인 도구 역할을 하는 낙관적인
희망은 내게 낯설지 않다. "변화"라는 구호처럼, "희망"에는
가차 없이 긍정적이고 외부 지향적인 특징, 에른스트 블로흐가
자아로부터 확장되어 나가는 것이라고 묘사한 특징이 있다.[50]
버클리의 큰 벽화를 다시 보면서 그런 희망의 느낌이 들었다.

그러나 버클리의 벽화에는 부제가 붙어 있다. "희망은 여전히 두
글자 단어일 뿐이다."

아나 포타미아누는 희망이 뭔가를 하려는 시도를 막는 일종의 장애물이 될 수도 있다고 말한다.[51]

*

H와 내가 애써 찾는 것이 진짜로 희망일까?

*

우리가 붙박여 있는 곳이 실은 전통적인 의미에서의 희망이 아니라 엉망이 되어 버린 정서의 새로운 반복일지도 모른다는 생각도 든다. 로런 벌랜트의 잔혹한 낙관주의. 잔혹한 낙관주의는 뭔가를 바라는 소망이 오히려 그 이상의 성공을 막는 장애물이 되는 상황을 말한다. 원하는 것 자체는 잔혹하지 않을 수도 있지만, 관심의 대상이 처음에 의도했던 목표에 이르지 못하도록 방해하는 것이다.[52] 벌랜트에게 낙관주의는 늘 좋은 것만은 아니며 정서적 구조를 지닌 집착이다. 낙관주의가 불안이나 스트레스로 나타나느냐 아니면 희망으로 나타나느냐에 따라, 낙관주의적 집착에 사로잡혀 이번에는 다를 것이며 사정이 더 나을 거라는 믿음을 가지고 자신이 원하는 것에 대한 환상으로 거듭해서 되돌아가게 될 수도 있다.

낙관주의는 잔혹하다. 벌랜트는 원하는 것을 얻으려면 행동을 취해야 하지만, 우리를 희망찬 가능성으로 밝혀 주는 대상이 바로 그 행동을 취할 가능성을 막아 버릴 수도 있다고 말한다.

이 말대로라면 우리가 원하는 것 — 뭔가 다른, 강간으로부터 자유로운 미래 — 은 우리가 희망하기 때문에 실현되지 못한다.

내 말을 끝까지 잘 들어 주기를 바란다. 여기에서 희망은 가부장 문화의 또 다른 부분집합이다. 강간을 낯선 것으로 만드는 행위처럼, 희망은 행동이 아니다. 그것은 행동의 장애물이다.

내 말은 이런 뜻이다.

H와 내가 다른 식으로 질문했다면 어떨까? <u>내가 어떻게 그에게 강간하지 않도록 가르칠까? 내가 그녀에게 항상 두려워하라고 가르치지 않고 어떻게 강간을 가르칠 것인가?</u>라고 묻지 않고 이런 식으로 질문을 던진다면?

<u>어떻게 그가 강간하도록 배우지 않게 할 수 있을까? 어떻게 하면 그녀가 본능적으로 두려움을 갖도록 배우지 않게 할 수 있을까?</u>

이 질문은 다른 미래가 진짜로 가능하다고 가정한다는 점에서 앞의 질문과 다르다. 친구와 나는 우리 아이들의 삶에서 강간 문화가 피할 수 없는 것이라고 믿고 있었다. 이해 못 할 일은 아니다. 우리 스스로가 그런 내러티브와 불가피함을 배웠다. 그것들이 우리의 준거 틀이 되었다. 그것은 죽여야 할 즐거움이다. 피할 수 없다는 느낌, 강간을 하거나 당하는 일이 어느 정도는 불가피하며, 늘 존재해 온 현실이라는 느낌. 우리의 질문을 바꾸면 우리의 행동, 에너지, 내면으로부터의(나는 바란다, 나는 바란다, 나는 걱정한다, 나는 조바심이 난다) 감정이 <u>서로 함께로</u> 바뀐다. 우리는 강간과 강간 문화를 불가피한 것으로 내면화하는 데에서

강간, 강간 문화, 젠더화된 폭력, 크든 작든 연관된 트라우마를
투쟁의 자리로 만드는 다른 이들과의 대화로 나아간다.

*

나는 강간, 트라우마, 젠더화된 폭력이 투쟁의 자리라고 믿는다⋯.
앞으로 나아갈 수 있는 길은 오직 대화하는 것뿐이다. 그리고 이런
대화가 우리에게 "계속할" 힘 이상의 것을 준다고 믿는다. 그것이
변화를 가져오리라고 믿는다. 시간이 걸릴 것이다. 쉽지도 않을
것이다. 그러나 결국 그렇게 될 것이다.

⋯나는 강간에 관해 이야기하는 일이 얼마나 힘든지에 대해
말하고 있다. 강간을 둘러싼 침묵을 깨는 일이 무엇보다도
중요하다고 주장하고 싶다. (트라우마, 죄의식, 수치심에서
나온) 침묵은 강간과 강간범들에게 더 많은 힘을 주기 때문이다.
젠더화된 폭력에 대해 말하는 것은 본질적으로 정치적인 행위라고
믿는다.[53]

*

말하기. 이야기를 전하기. 이야기를 말로 옮기기. 내가 하려는
일이 그것이다. 우리가 강간 문화 속에서 살고 있으며, 그 문화가
우리 모두에게 각기 다른 식으로 영향을 준다는 것을 아직 모르는
사람들에게도 알려 주도록, 이런 것들을 말할 적합한 단어들을
찾아내려는 것. 내 몸이 알고 있고, 친구들의 몸이 알고 있지만,
막상 말하려 하면 늘 부끄럽고 방어적으로 되었던 것에 이름 붙일
단어를 찾는 것. 이런 것들을 반박할 수 없을 정도로 명확하게
말하는 것. 논쟁의 여지가 사라지고 행동할 여지만 남을 때까지

말하는 것.

*

이런 시도는 어렵다. 글, 이론, 증언의 격렬한 아카이브에
의지한다고 해도 어렵다. 이런 이야기들을 내 피부로, 몸으로
느낀다. 컴퓨터 앞에서 몇 시간을 보내고도 여전히 제대로 되지
않을 때면 크든 작든 피로로, 파트너에게 쏟아 대는 짜증으로 나
자신의 트라우마를 느낀다. 뱃속에서, 왼쪽 눈썹 위로 시작되는
박동에서 그것을 느낀다. 깊이 팬 주름을 보면 내가 차분해지려고
애쓸 때 얼굴을 찡그린다는 것을 알 수 있다. 두려울 때면 감정에
휩쓸려 명쾌하게 생각하기 어려워질 수도 있다.

*

에이미 버코위츠는 젠더에 기반한 트라우마의 경험은 말로 옮기기
어렵다고 했다. 그것은 트라우마의 신체적 위치로 되돌아가려는
의미 있는 도전이다.[54] 버코위츠는 자신의 책『압통점』을 남성성을
가장하여 쓴 책이라고 말한다. 그녀는 커샌드라 트로얀에게
이렇게 말한다. <u>처음에 나는 이 책이 진지하게 받아들여지도록
'남성적인' 투(평서문, 권위적인 어조, 목록, 의학 용어)로 쓰겠다고
다짐했습니다. 하지만 결국은 거짓말이에요.</u>[55] 버코위츠의 책은
강간과 강간 문화로 인한 만성 통증과 트라우마를 안고 살아 온
자신의 삶에 대한 서정적 에세이로, 그녀가 여성-남성 문자라고
부르는 것을 이용한다. 나는 이 표현이 아주 마음에 든다. 여성
문자, 혹은 여성적 글쓰기는 1970-80년대 엘렌 식수, 뤼스
이리가레, 쥘리아 크리스테바와 같은 프랑스 페미니스트들이 쓴
비선형적 이론을 설명하기 위해 고안된 용어다. 그들은 이론적

글쓰기를 논리, 백인성, 남성성과 연관되었던(된) 엄격한 학술 언어에서 분리하려 했다. 나는 내 몸을 가지고 글을 쓰고 있다. 그들은 자기들의 생각을 풀어 내는 문장과 구조의 문법을 통해 말하고자 하는 것 같다. 그들은 의식적으로 신중하게 젠더화된 입장에서 쓰기 위하여 비선형성, 감정, 정서 등 프로이트가 히스테리적 증후라고 부른 것을 이용했다.

무시간성, "히스테리컬"하고 정서적인 언어, 비선형성, 개인성: 이 모든 구조적 전략들은 페미니스트 킬조이의 무기가 된다.

내 친구이기도 한 편집자 J가 날카롭게 지적했듯이 강간 문화는 사회적 기억에서든 우리 자신의 일대기에서든 직선적인 역사를 갖고 있지 않다면, 강간 문화를 말하고 또다시 말하기 위해서는 단어들을 배열할 무시간적이고 비선형적인 방법이 필요하다. 그러니까 자기도 모르게 이를 거부한다면, 나를 당신의 대화 상대로 거부한다면, 그 거부의 뿌리가 어디에서부터 나왔는가를 잠시 생각해 볼 필요가 있다. 내게서 나왔을까? 아니면 죽일 필요가 있는 거대한 즐거움으로부터?

*

이 내용을 쓰고 있을 때는 CBC가 지안 고메시를 해고한 지 일 년 하고도 며칠이 더 지났을 때였다. 뉴스가 어떻게 나왔는지 기억하는가? 나는 기억한다. 처음에 트위터에서 보고 참 이상하다고 생각했던 기억이 난다. 그러고는 그날 저녁 늦게 파트너와 함께 긴 의자에 앉아서 다시 돌이켜 생각해 보았다. 우리 둘 다 페이스북 ― 오, 현대적인 삶 ― 을 보다가 고메시의 길고 기묘하고 자기방어적인 게시문을 보았다. CBC가 자신의 특이한 성적 기호를 문제 삼아 자신을 해고했다고 주장하는 글이었다. 그때 그 이야기가 전부가 아닐 거로 생각했던 기억이 난다. 나아가 이 사람이야말로 젠더가 여론에서 어떻게 막강한 역할을 하는지 알고 있다고 생각했다. 자신의 범상치 않은 성향을 고백하고 사죄하면서도 자신의 사생활을 존중해 달라고 대중에게 부탁하는 유명인이라? 우와, 진짜 영리하군.

그러고 나서야 진짜 이야기가 나왔다. "숨겨진 이야기"에는 아주 많은 여자가 있었다. 전문적, 사적, 반-사적 영역에서 다양한 수위의 폭행과 희롱을 당한 여자들. 앞으로 나서면 위험하다고 느낀 여자들과 위험하다고 느꼈지만 그래도 나서야 할 책임이 있다고 느낀 여자들.

루시 드쿠테어가 고메시와 있었던 일을 공개하기로 결심하고서 한 인터뷰가 기억난다. 그녀가 한 말이 기억난다. 그녀는 나설 수 있을 것 같았다고 했다. 그래서 자기가 나서면 다른 여자들도 힘을 낼 수 있을 거란 희망에 앞으로 나섰다. 하지만 가장 기억에 남는 것은 그녀의 목소리다. 자신감이 있었다. 확신에 차 있었다. 진실을 말하고 있다는 굳은 신념. 그리고 침착함. 아, 그녀의 목소리는 너무나 침착했다. 그리고 이런 생각을 했던 기억이 난다. 우와, 이 여자 봐라. 이 여자와 그녀의 용기를 봐. 그녀는 자신의 경험을 대중 앞에 끌어냈다. 반응이 호의적이지는 않았으나 다른 사람들을

위해서 한 일이었다. 나는 생각했다. 관대하기도 하지. <u>고마워요.</u>

물론 거기서 끝이 아니었다. 그렇다, 더 많은 여자가 나왔고 더 큰 대중의 반발이 일어났다. 앞으로 나서지 않은 여자들은 왜 그랬느냐는 질문을 받았다. 대개는 질문조차 받지 못했다. 그들의 익명성과 침묵을 불신하는 분위기가 팽배했다. 댓글난은 말할 것도 없고, 온 나라가 그들에게 왜 앞으로 나서서 정의를 구하지 않았느냐고 다그치는 듯했다. 그러면서도 동시에 대중 앞에 나서는 데 따르는 무수한 위험은 생각지 못하는 것 같았다.

고메시의 수년에 걸친 폭력에 관한 대화가 시발점이 되었다. 쉬지 않고 그 이야기를 말하고 듣다 보면 진이 빠졌다. 그러나 뭔가 변화를 일으킬 때가 된 것 같았다. 이런 대화들이 캐나다 원주민 여성의 실종 및 살해 사건들을 조사해야 한다는 대중의 인식과 요청으로 이어질까? 도시와 주들이 방침을 바꾸게 될까? 대학들이 캠퍼스에서 사라지지 않는 강간 문화를 진지하게 받아들이기 시작할까? 여성들이 학대받고 폭행당하고 강간당했다고 말할 때 여론이 그들을 믿어 주는 쪽으로 변화할까?

또 다른 일이 일어나기 시작했다. 여성들이 서로에게 손을 내밀었다. 다시금 나는 소셜 미디어에서 먼저 이런 현상을 보았다. 우리 도시에서 이 너무나도 공공연하고 피할 수 없으며 역겨운 강간 문화에 대해 어떻게 이야기하고 있는지 토론하고자 인터넷상에서 한 그룹이 만들어졌다.

#강간당해도절대신고하지않는다 해시태그가 퍼졌다.
인터넷상에서 여성들은 폭력의 경험을 이야기하고, 일반
대중에게 왜 성적 폭력의 상당수는 알려지지 않고 넘겨지는지
설명했다. 또한 자신들이 어떤 감정을 느끼는지도 알렸다. 그들은
우리에게 내게, 가부장제 문화 안에서, 강간 문화 안에서 일어났던
개인화되고 체계적인 폭력이 어떻게 소화되고 내면화되는가를
가르쳐 주었다. 그들이, 이 여자들이 우리에게 가르쳐 주었다.
우리는 서로를 가르치고 있었다.

*

「이것이 나를 변화시켰다.」 고메시가 해고당하고 그가 한 짓이
알려진 지 일 년 후《새털레인》에 실린 기사의 제목이었다.[56]
기사에서 새라 보스벨드는 이렇게 말했다.

그날의 사건들은 창문에 날아든 벽돌 같았다 ─ 수많은
캐나다인에게 "그때 당신은 어디에 있었나"를 묻게 만드는
순간이었다. 고메시의 재판이 2016년 어떻게 진행되었건 간에
우리는 일 년이 지나서도 여전히 이 스캔들의 여파를 실감하고
있다. 그 스캔들로 성폭력, 직장에서의 성희롱과 권력 남용에
대한 수천 가지 이야기들이 쏟아져 나오게 되었다. 앞으로 나선
생존자들, 직장을 잃은 CBC 직원들과 고메시의 가족 등 그
한가운데 있는 이들에게 사건의 여파는 아직도 진행 중이며
심각하다. 하지만 위기 처리 담당자, 정책 담당자, 기자와 예전
동료 들을 비롯하여 멀찍이 떨어져 있는 이들에게도 이 스캔들은
강력하고 지속적인 효과를 미쳤다.

기사는 강간 문화에 대한 이 공개 토론의 지속적인 효과에 관해 일곱 명의 여성과 인터뷰를 했다. 모두 찬찬히 읽어 볼 가치가 충분했다. 특히 뉴스가 나온 날 자신이 얼마나 흥분했는지를 기꺼이 인정한 〈Q〉 진행자 피야 채토패다이의 회상에 깊은 인상을 받았다. 하지만 샐리 암스트롱과 한 마지막 인터뷰에 주목해 주었으면 좋겠다. 칼럼이 나간 직후 아주 유명하고 발이 넓은 캐나다인 남성 한 명한테서 전화가 왔어요. 그는 이렇게 말했지요. "토요일로 하세요 — 산타클로스 행진이 없는 토요일이면 언제든 다 좋습니다. 남자들을 모아 행진을 조직하지요." 저는 이렇게 대꾸했어요. "부디 그렇게 해 주시길 바라요. 저도 기꺼이 돕겠어요." 하지만 그에게서 다시는 연락이 없었다. 현 상황을 바꾸려면 적잖은 노력이 필요하기에 놀랍지는 않았다. 지안 고메시 사건은 수많은 사건 중 한 예일 뿐이었다. 오늘날 캐나다 전역의 사무실 대부분에서 벌어지고 있는 일이다. 그러니 누가 그 사건에 대해 뭔가 하려고 하겠는가? 지안 고메시 이야기 때문에 단 한 건이라도 멈추었다고는 믿지 않는다.

암스트롱은 우리가 공동체로서, 인간으로서 어떻게 기억하는가에 대해 내가 깊이 우려하고 있는 점을 이야기한다. 그리고 인정하기 싫지만 대체로 암스트롱의 말이 옳다.

그러나 거기에서 끝내고 싶지는 않다. 더 작은 규모에서도 뭔가 일어났다. 강간 문화와 여성혐오에 대한 공개 토론이 나를

바꾸었다. 내가 단지 선생만이 아니라는 점을 일깨웠다. 더
분명히 말하자면 나는 페미니스트 선생이다. 나는 교실 앞에
서 있는 사람만이 아니다. 교실 앞에 선 젠더화된 몸이다. 물론
매일같이 권력 역학과 협상해야 하지만, 이건 어떤가? 이 사건으로
내 강의실에서 강간 문화, 젠더화되고 인종화된 불공정, 권력
역학의 기능에 대해 말해야겠다는 다짐을 새롭게 하게 되었다.
불편해지더라도, 강의 평가란에 "너무 페미다"라는 말이 넘쳐 나게
되더라도, 위험하더라도.[57] 페미니스트 렌즈로 가르치고 글을 쓰는
것은 내 특권이고 내 책임이다. 그래서 그렇게 하고 있다. 나는
그런 사람이다. 나는 노력하고 있다.

*

그리고 이건 또 어떤가? 다른 일도 있었다. 아기를 낳고 이 주쯤
지나서 온라인 페미니스트 토론 그룹의 창설자와 브런치를 하러
갔다. 페미니즘과 서로에게 관심이 있는 핼리팩스 여성들로
가득한 그 그룹은 고메시에 대한 뉴스가 일으킨 감정적 급류 속을
헤치고 나아가면서 일 년을 보냈다. 일 년 동안 너무나 덧없고,
너무나 위험하게 느껴지는 공간인 인터넷에서 서로를 말로
지지해 주는 네트워크를 만들어 나간 것이다. 나는 그들을 직접
만나게 되어 초조함, 부끄러움, 어색함, 그리고 출산 후 나오는
기묘한 호르몬으로 가득한 상태로 나갔다. 품에 어린 딸을 안고
온라인에서만 이야기해 본 여자들을 만나러 계단을 오르는데
누군가가 말했다. 와! 아기다! 아기 저한테 주시고 저 여자한테
커피 한 잔만 좀 갖다주실래요!

그래서 나는 이 친근하지만 낯선 이의 팔에 딸을 넘겨주며 딸의 귓가에 대고 속삭였다. <u>이 사람이 루시란다.</u>

2장:
우정에 관한 쪽지

어린 시절을 생각하면 외로웠던 내 모습이 떠오른다. 형제자매도 없고 친척이 많지도 않았다. 어린 시절을 생각하면 부모님, 조부모님, 베스 대고모님이 생각난다. 어린 시절의 친구들은 생각나지 않는다. 차, 거실, 집의 구석진 곳에서 읽던 책들이 생각난다. 우리 집을 책에서 읽은 조그만 빅토리아 소녀들의 상상력으로 불러낸 다락방처럼 마법 같은 곳으로 만들고 싶었다.

*

어머니가 얼마 전 나는 못 말릴 정도로 사교성이 좋은 아기였다고 말씀하셨다. 그 말에 깜짝 놀랐지만, 어머니가 나보다 더 잘 아실 테니 믿기로 했다.

*

하지만 어릴 때의 우정을 생각해 보면 책 말고 진짜 사람들은 잘 생각나지 않는다. 책이 내 친구였고, 책 속의 인물들이 내 상상 속 친구들이었다. 그들은 페이지 밖으로 걸어 나와서 나와 함께 학교까지 걸어가거나 함께 침대에 앉아서 이야기를 나누었다. 그러니까 독서가 내 친구였다는 뜻이다. 또한 우정 — 인내, 느림, 경청, 돌봄 — 에 대해서도 독서를 통해, 다른 사람들 간의 우정에 대해 읽은 것에서 배웠다는 뜻이다.

*

읽기와 쓰기가 우정에 관한 본보기가 될 수 있다면, 여성 작가와 독자 사이에서는 어떤 종류의 우정이 생겨날까? 그리고 매기 넬슨이 수많은 젠더를 가진 내 마음의 어머니들이라 부른 것 사이에서는?

*

어린 시절의 우정을 생각하면 제인과 마야, 새라와 테스가 떠오른다. 모두 우리 집에 있는 물려받은 수많은 책 가운데에서 골라도 좋다고 허락받은 책들 속에 사는 인물들이었다. 처음에는 『비밀의 정원』이나 『소공녀』 같은 책에 끌렸다. 이제는 계급, 인종, 식민주의적 폭력의 렌즈를 통하지 않고서는 읽을 수 없는 책들이다. 하지만 그 당시에는 주인공이었던 소녀들의 영리함에 감탄했다. 그들의 용기에 감탄했다. 나도 용기 있고 활달한 소녀가 되고 싶었다.

내 기지와 성실함으로 다락방에서 살아남아 끝내 이기는 모습을 상상했다.

어떻게 대화가 공격이나 방어의 무기가 될 수 있는지(고마워요, 제인 오스틴), 어떻게 세상에 관습에서 벗어난 미인으로 보이는 것이("추함", "못생김", 나다움) 배움을 위한 전복적인 공간을 만들어 주는지(고마워요, 샬럿 브론테), 계급에 묶여 움직이다 보면 어떻게 자기가 자신 최대의 적이 될 수 있는지(고마워요, 플로베르/마담 보바리), 글쓰기가 어떻게 기억과 저항의 도구가 되는지(나를 가르쳐 주고 당신들의 말과 친해지게 해 주어서 고마워요, 안네 프랑크, 마야 앤절로), 난폭함이 어떻게 일종의 거부가 될 수 있는지(고마워요, 에밀리 브론테)를 배웠다.

하지만 고전만 읽은 것은 아니다. 절대 그렇지 않다. 나는 클로디아와 스테이시와 메리 앤과 크리스티와 돈도 똑같이 소중하게 생각한다. 여러분도 그들을 알고 있을 것이다. 앤 M. 마틴의 『베이비시터 클럽』 속 주인공들이다. 나는 이런 책들을 탐욕스럽게 읽었다. 책 읽는 속도가 빨랐고, 읽을 만한 가치가 있는 책이었기 때문에 굶주린 듯이 읽어 치웠다. 그러면 나는? 한자리에 앉아서 다 읽어 치우고는 한숨 돌리고 다른 배경 출신의 소녀들이 친구가 되어 함께 뭔가를 시작하는 이야기를 찾아 헤맸다. 일상생활은 뒷전이었고, 한시도 책을 손에서 놓지 못했다. 예술가(예술가라니!)이며 스타일이 근사하고, 미니라는 이름의 마법 같은 할머니를 둔 클로디아. 뉴욕 출신(!)이며 부모님은 이혼하신(오타와에 있는 내 친구들과 비슷하지만 노스캐롤라이나주에 있는 새 친구들의 부모님과는 달랐다) 스테이시. 메리 앤은 아버지 밑에서 자랐다. 크리스티는 새 가족에

적응하는 중이었다. 돈은 캘리포니아 출신 히피였다. 나는 어릴 때 이후로는 다시 이런 책들을 읽지는 않았다. 예전같이 느껴지지 않을까 봐 두려웠다. 하지만 당시에는 그들에게서 스타일, 직업윤리, 책임감, 인성 관리, 우정에 대해 배웠다.

독서는 내 가장 변함없는 친구였다. 그리고 이제 와 돌아보면 대개 여주인공들이 나오는 책을 읽었다.

하지만 이 소녀와 여성 들은 대부분 외로웠다. 그것이 무엇을 의미할까? 그리고 그렇게 탐욕스럽게, 열정적으로, 폭넓게 책을 읽었는데도 왜 나는 여성 간의 깊은 우정에 관한 이야기는 거의 발견하지 못했을까? 이런 질문을 통해 우리가 책장 밖 여성 간의 우정 이야기를 어떻게 만나고 경험하는가를 생각해 볼 것이다.

*

(그러고 보니 책 속에서 당신과 함께 이런 생각을 해 보고 있다.)

*

나는 여성 간의 우정을 묘사하는 데 쓰이는 단어들이 거의 다 마음에 들지 않는다.

여자들의 우정이 뭐길래 이런 멋대가리 없는 단어들밖에는 나오지 않는단 말인가? 딱 들어맞지 않더라도 내 친구들에게 맞는 집합명사를 찾고 싶다. 내 소녀들(너무 유아적이다). 내 조원들(노를 젓는 것도 아닌데…) 내 여친들(어색하게 들린다). 내 일족(너무 시류에 맞춘 것 같다). 내 잡년들(이건 그냥 안 된다).

'내 멋진 친구들'이 아주 마음에 들지만, 일반적인 용법으로
쓰기보다는 여전히 책에 관한 이야기이다…[58]

하지만 내가 슬프거나 행복할 때면 전화를 하고, 1990년대 라이엇
걸 편집 음반에 맞추어 주방에서 함께 신나게 춤을 추고, 파트너와
내가 일할 수 있도록 아기를 돌봐 준 C를 어떻게 말하면 좋을까?
내게 글을 쓸 용기를 준 M과 A는 또 어떻게 말하면 좋을까?
H에 대해서는 또 어떻게 말하고, 마음이 흔들릴 때면 개무시해
버리라고 보내 주는 문자의 의미를 어떻게 전해 줄 수 있을까?
물속에서 시를 호흡하는 법과, 파도와 인어 들에 대한 글을 쓰는
S한테서 받은 이메일이 뜻하는 바를 어떻게 말해 줄 수 있을까?
HM에게 어떻게 말하고, 우리가 워킹맘이자 페미니스트가
되는 것과 마감을 맞추는 것에 대해 서로 주고받은 문자의
의미를 어떻게 이해시킬까? 다른 짜디짠 해변에서부터 산맥과
표준시간대를 가로질러 지지를 보내 주는 L은 또 어떤가. 얼마든지
더 계속할 수 있다. 나는 여자들 간의 우정을 나 자신에게 묘사할
말을 오랫동안 찾았지만, 아직 찾아내지 못했다.

왜 그럴까?

이런 언어를 찾아내거나 만들어 내지 못한다면, 우리는 무엇에
실패하는 것일까? 물 위로 고개를 내밀고 우리를 우리 자신에게
되돌아가게 해 주는 돌봄의 공동체에 이름 붙일 언어가 없다면,

우리는 무엇을 잃는 것일까?

어쩌면 이런 언어는 새로운 우정처럼 아직 오지 않은 것일지도
모른다. 자크 데리다가 조건 없는 환대를 도래해야 할 미래,
구하고, 예측하고, 바라야 할 불가능성으로 묘사했듯이 말이다.
여자들 간의 우정이 존재하지 않는다는 말이 아니다. 당연히
다양한 형식으로 존재한다.

하지만 아직은. 아직 이것은 페미니스트 킬조이가 문제적
내러티브들을 찌르고 쑤셔 보는 다른 순간들을 기록하는 에세이
모음집이다. 그리고 이 페미니스트 킬조이는 여자들 간의 우정을
어떻게 이야기할지에 대해 신중하게 생각해 볼 여유가 있다고
본다. 개선할 여지가 있다.

그것이 내 주장이다.

그리고 여자들의 우정이 주류 문화에서 재현되는 방식에 대해
생각해 보아야 할 이유가 있다. 어쩌면 여자들의 우정이 가부장
문화에서 살아남기 위해 꼭 필요하다는 내 깨달음에 관한
이야기가, 그 언어를 찾아내는 데 도움이 될지도 모른다. 어쩌면.
*
여자들의 우정에 관하여 이야기한다는 것은 너무 잠정적으로
느껴진다. 최근 비행에서 나 스스로가 그렇게 생각하고 있음을
깨달았다. 잠정적이고, 부분적이며, 임시적이다. 그러면서도 꼭

필요한 것으로 느껴진다.

어느 정도는 여자들의 우정이 부정적인 식으로 그려져
왔기 때문에 그것에 대해서 생각해 볼 필요가 있다. 『나쁜
페미니스트』에서 록산 게이는 독자들에게 여성의 우정이 해로우며
경쟁적이라는 생각을 버리라고 충고한다. 나도 같은 의견이다.
하지만 여성들 사이의 해로운 우정에 대한 내러티브는 널리 퍼져
있다. 예를 들자면 리나 더넘과 〈걸스〉의 작가들은 다른 여성들에
대한 여성들의 부정적 성향과 양가감정의 비유를 재현하는 데
큰 역할을 했다. 물론 아름다운 순간들도 있지만 〈걸스〉에서
여성의 우정은 대부분 다른 여자들에게 불친절한 여자들을
통해 그려진다. 못된 여자애들의 이야기가 누구에게 도움이
되겠는가? 여자들한테는 아닐 것이다. 하지만 내가 평생에 걸쳐
여자들과 맺어 온 관계를 생각해 보면, 왜 버려야 할 부정적인
생각이 있는지 알 수 있다. 여성의 우정에 관한 담론을 둘러싼
거북한 분위기는 미묘한 차이를 반영할 언어가 없음을 보여준다.
여성의 우정에 미묘한 차이가 없다는 말이 아니라, 여자들 간의
우정에 대한 미묘한 차이를 담은 내러티브가 없다는 말이다. 최근
내 요가 선생님이 오랫동안 존경하는 여자들과 함께 있을 때면
자신이 보잘것없게 느껴졌다고 썼다. 하지만 더 놀라운 것은
다른 여자들의 성취를 볼 때면 기쁘기보다는 질투심을 느끼거나
자기 연민에 빠진다고 한 것이다. 고마워요, N. 그런 얘기를
공개적으로 써 주어서. 그것을 읽으면서 괴롭지만, 저도 인정하지
않을 수 없었거든요. 여기에서 여러분에게 나도 그런 감정을 느껴

보았다고 선언하게 되어 자랑스럽지도 기쁘지도 않지만 사실이다.
나도 그렇다. 그래서 여성의 우정에 관한 담론을 둘러싼 거북한
분위기가 있다는 말은 바로 이런 뜻이다. 가부장 문화는 여자들이
다른 여자들과 맺는 관계를 복잡하게 만든다. 가부장 문화는
여성들을 남을 음해하는 비열하고 경박한 존재들로 묘사한다.
여성의 우정은 거의 언제나 다른 여자들과의 경쟁 위에 세워지는
것으로 그려진다. 가부장 문화에서 여자들은 남자의 관심을
얻기 위해 서로를 속인다. 이 정도는 여자들의 우정이 가부장
문화에 의해 복잡해지는 방식 중 일부일 뿐이다. 여자들의 우정
이야기에서 문제는 그런 이야기들이 대를 이어 전해진다는 점이다.
그 이야기들은 대대로 전해지고 기정사실로 받아들여진다. 여자들
사이에서는 늘 그런 식이라는 것이다. 이 이야기들을 전하고
받아들여지게 만드는 것이 파괴와 가부장적 감시 활동의 방식이다.

다른 여성은 고사하고 스스로와 관계 맺는 일조차 여성들은 어둠
속에서 숨 막힐 만큼 답답한 느낌으로 진행한다. 다른 종류의
어둠 같은 느낌이다. 조금은 마음을 편안히 해 주면서 조금은
위험스럽다. 부드럽기도 하다. 좀 따끔거린다. 그리고 세상이
여자들에 관해, 여자들의 우정에 관해 말하는 방식들은 아직 불이
켜지지 않은 내러티브들을 더 복잡하게 만든다.

*

요즈음 내가 가장 확신하는 한 가지, 페미니스트 킬조이는 혼자
힘으로만 해 나갈 수 없다는 것이다. 친구가 필요하다. 지원해 주는
네트워크가 필요하다. 동맹이 필요하다. 즐거움을 죽이고 세상을

만드는 일을 하면서 휴식이 필요하다. 이건 틀림없는 사실이다. 하지만 과거의 나, 페미니즘을 잘 안다고 우쭐거렸던 나를 생각하면 민망해진다. 왜 페미니스트 킬조이에게 다른 여자들과의 우정이 필요한지 이해하는 데 그토록 오랜 시간이 걸렸는지 털어놓으려니 민망해진다. 우리는 여성의 우정이 존재한다는 것을 알고 있다. 어떤 에세이에나 잘 어울릴 우정의 사례가 더 많이 있다는 것도 알고 있다. 그런데 왜 자꾸만 그런 우정을 보이지 않게 만들거나, 엄청난 잠재력을 빼앗아서 결국은 우정의 현실만 유령처럼 남아 가장자리를 떠돌게 만드는 식으로 여성의 우정을 재현하는가? 삶의 방식으로서 여성의 우정은 어떤 모습일까?

*

여성의 우정에 대한 이런 약화된 이야기들이 어디에서 퍼지는지 생각해 보자. 나는 마치 어른들은 항상 인터넷에 접속해 있지 않다는 듯이 요즘 아이들은 인터넷을 끼고 산다고 잔소리하는 어른이 되고 싶지는 않다. (게다가 전자 기기 이용 시간은 페미니즘에서도 다루는 이슈다…).[59] 비욘세 노래는 태어나서 들어 본 적도 없다거나 유튜브의 쌍무지개 영상 따위는 알지도 못한다는 고상한 지식인 티를 내면서 "주류 매체"나 "대중문화"를 경멸할 생각도 없다. 대중문화가 우리의 지금 이 순간에 작동하는 다양한 방식에는 뭔가 주목하지 않을 수 없는 요소가 있다. 그러니 거기에서부터 시작해 보자.

*

대중문화라고 하면 제일 먼저 떠오르는 것은 어릴 때 본 텔레비전 프로그램과 영화 들이다. 문화가 평범하다는 레이먼드 윌리엄스의 통찰력 있는 주장에 대해 생각해 보지 않았고, 프랑크푸르트학파 이론을 즉시 떠올리지도 않았다. 그보다는 〈마이 소 콜드 라이프〉, 〈제리 스프링어 쇼〉, 〈니키타〉를 떠올린다. 배즈 루어먼의 〈로미오와 줄리엣〉을 생각한다. 왜 이런 이상한 것들을 예로 드느냐고 물을지도 모르겠다. 진짜로 왜 그럴까? 답은 간단하다. 대학 1학년 때 룸메이트의 텔레비전 주위에 옹기종기 모여서 다른 여자애들 일곱 명과 함께 보았던 텔레비전 프로그램들(그리고 영화 한 편)이기 때문이다.

나는 미국 남부의 큰 주립 대학에 들어갔다. 내 룸메이트들은 앨라배마주, 노스캐롤라이나주의 다른 지역, 조지아주, 매사추세츠주 출신이었고 런던의 미국 학교를 거쳐서 온 노스캐롤라이나주 출신도 한 명 있었다. 백인도 있고 흑인도 있었다. 모두 대학 신입생이었다. 모두가 기숙사 밖에서도 친구로 지낸 것은 아니었다. 대학생이 되었다는 흥분에서 벗어나 제 길을 찾기 시작하면서 각자 자기 그룹으로 쪼개졌다. 나는 2학년 때부터는 룸메이트 중 한 명만 빼고 나머지와는 캠퍼스에서 마주치면 웃으며 잠시 수다를 떨기는 해도 가깝게 지내지는 않았다. 그러나 한방에서 지낸 그 일 년 동안 우리는 어느 정도 서로를 돌보았다.

우리는 서로 남자애들, 수업, 가족 이야기에 귀 기울여 주었다. 아프면 서로 돌보아 주었다. 나는 만성질환이 있어서 두어 달에 한 번은 병원에 가서 통증으로 몸을 비틀며 주사를 맞아야 했다.

처음에는 기숙사에 어떻게 돌아가야 할지를 몰랐다. 걸어서 이십
분 거리였지만 서 있기도 힘든 상태였다. 그때 갑자기 A와 D가
나타났다. 나를 데리러 와 달라고 운전사를 불렀던 것이다. 그들은
나를 밴에 태워 기숙사로 데려왔고, 우리는 함께 앉아 텔레비전을
보았다. 누군가 내게 컵라면을 끓여 주었다.

사실 〈마이 소 콜드 라이프〉와 〈니키타〉 재방송을 다 보지는
않았지만, 한 학기 동안 〈제리 스프링어 쇼〉는 우리 모두 다 같이
모여 보았던 것 같다. 가장 선명하게 기억나는 것은 뭔가 진짜로
잘못되었다는 희미하지만 틀림없는 느낌과 뒤섞인, 텔레비전을
보는 데서 느끼는 깊은 즐거움이었다. 지금 와서 보면 〈제리
스프링어 쇼〉에서 문제가 될 부분은 <u>한둘이 아니다.</u> 그 프로그램은
백인 온정주의, 계급화되고 인종화된 유형, 여성에 대한 편협하고
환원적인 내러티브들을 퍼뜨렸다. 나열하자면 끝이 없다. 하지만
어느 날 오후 D가 딱히 누구에게랄 것도 없이 모두에게 한 말이
기억난다. <u>왜 저 여자들은 서로를 미워하는지 모르겠어. 양다리를
걸친 건 저 개새끼인데.</u>

과연 그렇다.

바로 그런 식으로 D는 우리 모두 느끼고 있던 뭔지 모를 불편함을
콕 집어 말해 주었다. 왜 바람피운 남자친구는 팔짱을 끼고
물러앉아 히죽거리고 있는데 여자들이 소리를 지르며 서로
머리채를 잡고 무대 위의 집기를 때려 부수며 싸워야 한단 말인가?

그 망할 소동이 다 무엇 때문이란 말인가? 대중문화를 생각할 때면 그런 장면들이 떠오른다. 우리가 알아차리지 못해도 일상생활 속 어디에나 퍼져 있는 문화적 참조점들. 대중문화는 여성의 우정에 대한 내러티브(제리 스프링어식의 적대감은 말할 것도 없고)가 어떻게 유통되는가를 계속 생각하게 해 주는 좋은 장소가 틀림없다.

대중문화 비평가들은 소위 저속한 문화 생산품이 우리가 생각하는 방식이나 세상에 대처하는 방식에 영향을 미치지 못한다고 생각한다면 오해라고 지적한다. 이러한 비평 중 대중문화가 여성을 그려 내는 제한적이고 서투른 방식에 대한 어니타 사키지언의 지적은 특히 흥미롭다. 사키지언은 〈페미니스트 주파수〉의 창립자로, 비디오 게임 속 여성들에 대한 내러티브를 분석하거나, 영화에 쉽고 빠르게 적용할 수 있는 벡델 테스트(역주: 영화, 소설 등의 성 평등 정도를 재는 평가)를 하는 유튜브 동영상 시리즈를 시작했다.

[벡델 테스트를 잘 모를 수도 있지만, 이 테스트는 쓸모 있으면서도 경이로울 정도의 결과를 보여준다. 앨리슨 벡델은 그녀의 만화 『주목할 만한 레즈비언들』에서 그 테스트를 대중화했다. 이 테스트는 직설적이다. 영화가 테스트를 통과하려면 이런 요소를 갖추어야 한다:

1) 적어도 이름이 붙은 여성이 두 명 있어야 함

2) 이름이 있는 여성 인물들은 서로 대화를 나누어야 함

3) 이름이 있는 여성 인물들은 남자 말고 다른 주제에 관해 대화를 나누어야 함

이 정도는 간단해 보이지 않는가? 틀렸다. 사키지언이 여러 차례 지적하듯이, 강인한 여성 인물과 페미니즘적 또는 대중화된 페미니즘적 줄거리를 자랑하는 영화들조차도 테스트를 통과하지 못하는 경우가 숱하다. 아, 재미있는 사실이 하나 있다. 사키지언은 폭탄으로 살해하겠다는 협박을 받고 대중 강연 행사를 취소한 적이 있다. 왜 그랬느냐고? #Gamergate라는 증오의 우산 아래 모인 사람들이 대중문화의 젠더화된 내러티브, 특히 비디오 게임 문화에 대한 그녀의 분석을 아주 심각한 위협으로 느꼈기 때문이다. 몸에 폭력을 가하겠다는 위협이 그들에게는 다른 이의 생각과 소위 합리적으로 관계 맺는 그들 나름의 방식이다.

페미니스트 킬조이가 된다는 것은 위험할 때도 많다는 점을 잊지 말도록 하자. 죽여야 할 "즐거움"이 가부장 문화의 소위 즐거움이라는 것을 잊지 말자. 세상이 페미니스트 킬조이들을 얼마나 간절히 필요로 하는지 잊지 말자.)

*

좋다, 대중문화를 통해 여성의 우정에 대한 젠더화된 관계가 어떻게 재현되는지 생각해 보자. 처음으로 여성의 우정에 대해 생각하는 계기가 되었던 바로 그 비행에서 영화를 한 편 보기로 했다. 내가 고른 영화는 낸시 마이어스가 각본을 쓰고 감독을

맡은 〈인턴〉(2015)이었다. 영화의 전제는 약간 어이없지만 그럴듯해 보인다. 로버트 드니로가 연기하는 일흔 살의 홀아비 벤은 은퇴 후 무료함에 앤 해서웨이가 연기하는 성공한 젊은 인터넷 사업가 줄스의 회사에 인턴이 된다. 내가 영화에서 원하는 소재는 아니다 — 첫째, 영화 전체가 #오스카는너무하얗다에 맞지 않는다 — 하지만 비행 중이었고 뭔가 배경 소음이 있었으면 했다. 다른 선택지들은 거의 다 총격전이었고 이 정도면 참을 만해 보였다.[60] 그래서 그 영화를 보았다.

그 영화에 깜짝 놀랐다. 설익은 블록버스터의 특징은 전부 다 갖추었다. 조숙한 아이들, 캐주얼하지만 비싼 옷을 입고 가볍게 춤을 추는 부유한 인물들, (대개는) 도를 넘지 않는 나이에 대한 유머(예를 들어 젊은 인턴들은 인스타그램용으로 피스 신호를 날리지만, 벤은 격식 있게 포즈를 취한다), 어른스러워지려고 애쓰는 감정 기복 심한 삼십 대들. 중심인물인 벤과 줄스는 호감 가는 사람들이다. 영화 속의 "요정 대부" 벤은 통찰력이 있으며 인생 경험으로 이삼십 대에게 깊은 감동을 주는, 위협적이지 않은 백인 노인이다.[61] 줄스는 영리하고 아름답지만, 스스로에 대한 확신이 부족하고 약간 쌀쌀맞다. 주류 문화에서 성공한 여성으로 보이는 데 필요한 것들을 다 갖춘 셈이다.

하여간 둘은 친구가 되는데, 가장 놀란 것은 플롯의 몇몇 지점에서 내러티브가 예상대로 흘러가지 않는다는 점이었다. 벤과 줄스 사이에는 우정 말고는 아무것도 없다. 줄스의 사업이 잘되면서 자기 직장을 포기하고 전업주부가 되었던 남편이 바람을 피웠을 때 줄스가 속마음을 터놓을 수 있는 상대는 벤뿐이다. 이성애 중심적 관계의 대중문화 재현에 대한 내 예상 중 상당수(전부는 아니라도)는 다행히도 빗나갔다. 그러면 이 영화는 뭐가 문제일까?

결국 떠오른 생각은 이것이다. 줄스에게는 <u>여자 친구가 단 한 명도 없다.</u>

대신 예상대로 그녀는 어머니와 관계가 아주 나쁘다. 어머니는 줄스에게 일에 너무 매달려 살면 주름살이 생기고 살이 찔 거라고 전화에 대고 경고하는 목소리일 뿐이다. 그리고 줄스는 비서인 로빈을 좀 함부로 다룬다. 로빈 쪽에서도 줄스에게 제대로 인정받지 못한다고 느끼고 결국은 남자 인턴의 품 안에서 운다. 아, 줄스의 딸이 다니는 학교에서 만난 전업 엄마들과의 관계도 험악하다. 줄스의 고급 패션과 밝은색 립스틱 옆에서 칙칙해 보이는 이 여자들은 날카로운 눈으로 그녀의 일을 판단하고, 그녀가 아이들의 생일잔치에 쓸 간식을 만들 시간이 없다고 신랄하게 씹는다. 줄스는 한숨을 내쉰다. <u>진심이야?</u> <u>지금은 2015년이라고. 아직도 워킹 맘들에게 편견이 있어?</u> (방백: 줄스의 이 말에 비행기에서 박장대소했다. 혼자 있을 때 남들한테까지 들리도록 웃는 것은 절대 해서는 안 될 일인데도. 최근에 임명된 캐나다 총리가 <u>왜 젠더 평등이 중요하냐는 질문에</u> <u>2015년이니까라고</u> 간단히 답한 것이 인터넷에서 화제가 된 일 때문에 더 웃었다.

마이크 드롭.

인터넷에서는 신나고 재미있어 죽으려고 했다. 나도 물론 그랬다.
힘을 가진 사람, 훌륭하신 쥐스탱 트뤼도처럼 특권과 권력과
정치력을 가지고 있고 매체가 얼마나 힘이 있는가를 잘 아는
백인이 이런 말을 하게 만들었다는 것이 중요하니까.

하지만 여자가 젠더 불평등에 탄식할 때는? 침묵한다. 눈만 굴린다.
피곤해한다.)

줄스와 못된 전업 엄마들로 돌아가자.

완벽한/생기 없는/아이밖에 모르는 엄마들의 이야기는 이
여자들이 줄스와 그녀가 가게에서 사 온 과카몰레를 헐뜯은
직후 영화에서 사라진다. 그들이 불만스러워하고 우쭐해하는
모습만 시청자의 기억에 남는다. 또 이 여자들은 서로 간에도
소통하지 않는다. 이 엄마들은 개성을 부여받지도 못하고 섬세하게
그려지지도 않는다. 그들은 카디건 세트 차림으로 우르르 스크린에
나와 줄스를 쩨려보거나 그녀의 딸을 돌보는 벤을 망신 주려 한다.
이 무거운 분위기.

*

줄스가 이런 여자들의 심술궂은 캐리커처에 어쩔 줄 몰라 할 동안
벤은 그들을 힘들이지 않고 밀어낸다. 〈인턴〉은 연로한 독신남의

권위를 구체화할 뿐 아니라 고립된 여성과 유해한 여성 간의 관계에 대한 내러티브를 다시 한번 되풀이하며, 이는 또다시 야심 있고 추진력 있는 여성을 말괄량이이자 바보로 그린다. 이 영화의 결론은 줄스가 사업이 성공한 후에 인생 경험이 풍부한 노인, 즉 그녀의 멘토가 인턴으로 등장해 준 덕분에 사업을 계속해 나갈 수 있게 된다는 것이다. 나아가 주류 문화의 관점에서 당신은 비열하고 고압적이며 아이밖에 모르는 나쁜 여자/어머니가 아니면 쌀쌀하고 성질이 더럽고 자신을 믿지 못하며 고압적인 나쁜 여자/어머니, 둘 중 하나가 될 수 있다. 멋지군.

분명 여성(백인 상류층 여성들일지라도)에 대한 진보적인 내러티브를 제시하려 하는 이 영화는 수정된 남자아이+여자아이 미적분학에 의존한다. 물론 벤과 줄스는 세대를 넘어 아름다운 우정을 나누며, 이는 중요한 점이다. 그러나 왜 이런 우정이 의미 있는 여성 간의 상호작용은 깡그리 무시해야만 이루어질까? 우리는 정말로 더 나은 이야기를 가질 수 없는 것일까?

*

여성의 우정은 고사하고, 여성들의 공동체를 이야기할 언어조차도 없는 것일까? 물론 있다. 인터넷에서 유명한 여성들의 우정 목록을 수집하면서 찾은 자료 중 하나가 여성들의 공동체와 우정을 모은 아카이브가 없다는 내 생각을 무너뜨렸다. 트위터와 페이스북에서 수집한 그 목록에는 버지니아 울프와 캐서린 맨스필드, 거트루드 스타인과 실비아 비치, 앤 프리드먼과 아미나투 소(팟캐스트 〈당신의 여자친구에게 전화하세요〉), 컬래미티 제인과 도라

두프랜, 마거릿 로런스와 아델 와이즈먼, 레이 스트래치와 밀리센트 개럿 포셋(세대를 뛰어넘은 여성참정권운동 FTW), 프린 피셔와 도트 윌리엄스(〈미스 피셔의 살인 미스터리〉 시리즈), 니나 시몬과 미리엄 마케바, 매기 스미스와 주디 덴치, 니키 미나즈와 리애나, 비키니 킬의 여성들, 〈황금 소녀들The Golden Girls〉의 도러시, 로즈, 블랑슈, 소피아가 있었다. 목록은 계속 이어졌다.

*

그러나 여자들과의 우정에 대한 내 경험을 생각해 보면 록산 게이가 말한 유독한 내러티브가 스며 있는 곳이 너무 많다. 왜 그럴까?

*

여자들과의 우정에 대한 최초의 기억 중 하나는 소녀들과의 우정이었다. 좋은 기억은 아니었다. 마거릿 애트우드의 『고양이 눈』에 나오는 것과 비슷한 식이었다. 그 유령들을 쫓으려 애써 보아도, 악의적인 말투와 양가적인 상호작용의 모호한 사건들은 살아가면서 수십 년에 걸쳐 사라지지 않고 남아 있다. 사실 사춘기 때의 방과 후 특별활동, 왕따, 아웃사이더의 위치 등에 관한 이야기들이다.

이런 식이었다.

열한 살 때 부모님을 따라 오타와에서 노스캐롤라이나주 시골로 이사했다. 캐나다 국회의사당에서 수석 보좌관으로 일하셨던 아버지는 과로로 너무 지치셨다(이를 뒷받침해 줄 통계나 증거는

없지만, 어머니가 얼마 전 아버지가 오타와에서 제일 처음 만성
피로 증후군으로 진단받은 사람 중 하나였다고 말씀해 주셨다).
그래서 나는 태어나 십 년을 도심에서 보내고 내 도서관 출입증을
막 받았던 때에 시골로 이사하게 되었다.

시골이라고 했다. 그렇다. 이웃집이 보이지 않는 곳이었다.
하지만 중요한 건 이웃집이 아니었다. 아예 이웃 자체가 없었다.
거리에서 하키를 하는 아이들 소리도 없고, 가장 친한 친구인
M의 집까지 걸어갈 수도 없고, 싱크로나이즈드스위밍 강습을
받으러 매일 스포츠 플렉스에 갈 수도 없었다. 갑자기 모든 것이
멀어졌다. 편의점에 가려 해도 거의 5킬로미터를 걸어야 했다.
습도 100퍼센트의 무더운 날에 도랑의 칡덩굴에 감탄하고 미국
사이즈의 아이스크림을 통째로 다 먹을 수 있다고 되풀이해
말하며 처음으로 엄마와 함께 거기까지 걸어갔던 기억이 난다.
그리고 학교는 이제 시골길과 주간(州間) 고속도로를 삼십 분 동안
달려 가장 가까운 마을까지 가야 있었다.

나는 새 학교에 6학년으로 들어갔다.

까놓고 말하겠다. 6학년 학생들은 특히 서로에게 끔찍한 인간들이
될 수 있다. 내가 학교에 다니던 시절에는 아직 왕따에 대한 논의나
인식이 없었지만 우리는 왕따를 시키기는 했다. "우리"라고
했어도 내가 인기 있었다거나 왕따 주동자였다는 말은 아니고,
신입생이라는 외로움과 낯섦에서 조금이라도 위안을 얻을 수

있다면 누군가를 왕따를 시켰을 거라는 얘기다.

메이슨-딕슨 선을 넘으면서 어린애였던 친구들을 뒤로하고
사실상 십 대인 새 반 친구들과 어울리게 되었다. 새 친구들은
내가 이전까지 만나 본 그 어떤 또래보다도 더 성에 관심이
많고 세상 사는 요령에 밝았다. 어쩌면 열한 살에서 열두 살로
넘어가는 여름이 만들어 낸 차이일지도 모른다. 잘 모르겠다.
내가 아는 것은 6학년들 정치판 한가운데 정면으로 착륙했다는
것이다. 노스캐롤라이나주에서 보낸 첫해에 나는 신입생이면서
캐나다인(둘 다 괜찮다)이었고, 귀여운 아이(진짜로 있는지는
모르는 여학생 클럽에서 신고식을 치르는 중이라고 생각하는),
인기 있는 여자애가 끌고 다니는 무리의 시녀, 조롱거리(아무런
설명도 없이 어느 날 갑자기), 모두가 무시하는 찐따, 나쁜 년,
아첨쟁이였다. 나는 남자아이들 모두가 나를 싼 여자애로 생각하고
있고, 내가 누구랑 어디까지 갔을까를 놓고 별의별 얘기들을
속닥거리고 있다는 것을 알았다. 그게 바로 여성 비하다. 끔찍한
일이다. 그리고 젊고, 고독하고, 이런 것을 <u>누군가</u>와 이야기할
언어가 없다면, 매우 해롭다.

*

어떤 면에서는 운이 좋았다. 니는 자해에 깊이 빠져들기보다는
통과의 수행적 담론 속으로 후퇴했다. 내 말뜻은 이렇다. 나는
스스로를 감시하는 법, 다른 여자애가 위협이 될 가능성이
있는지 따져 보는 법을 진짜로 빨리 배웠고, 끊임없이 내 우정이
보잘것없으며 흔들린다고 느끼게 되었다.

*

여성의 우정에 가장 뻔한 장애물은 "여자는 여자의 적이다."라는
널리 퍼진 가부장적 속담이다.[62] 이 말은 재니스 레이먼드의
1983년 책『친구에 대한 열정: 여성 간 애정의 철학을 향하여』에서
나왔다. 그녀는 이 속담이 온갖 식으로 되풀이되는데 그중
상당수는 같은 여성을 좋아해 줄 만큼 인내심 있는 여성은 단 한
번도 본 적이 없다는 조너선 스위프트 주장의 변형이라고 말한다.

음, 꺼져요, 조너선. 이런 음산한 후렴구가 어떤 피해를 줬는지
알기나 해요?

레이먼드가 한 말을 다시 보자. 그녀는 이 점에 대해서라면 할
말이 많다. 그녀에게 그 피해는 구체적이고 체계적이며 엄청나게
파괴적이다. "여자는 여자의 적"이라는 메시지를 떠들어 댐으로써
남자들은 많은 여자가 서로의 적이 되리라고 장담해 왔다. 이
메시지는 여기저기에서 울려 퍼지며 여성의 삶에서 끊임없는 소음
공해로 작용한다. 여자를 좋아하는 여자들에 대해서는 역사적으로
항상 침묵해 왔기 때문에 여자를 좋아하지 않는 여자에 대한
끊임없는 소음 공해가 계속 통할 수 있다.[63]

레이먼드는 이 점에서 페미니스트 킬조이 비평의 좋은 사례다.
이 시스템에 "이성애-관계적 메시지"라는 이름을 붙임으로써
독자들에게 버티고 설 굳은 기반을 제공할 수 있다. 이성애-관계적
메시지는 여성들에게 다른 여자를 좋아해선 안 된다고 말한다.

여자들에게 다른 여자들을 좋아한다면 영리하지 못한 짓이라고 말한다. 여자들에게 남자들을 즐겁게 해 주고, 그들과 교제하는 데 시간을 써야 한다고 말한다. 그 외에는 다 바보짓이다. 아치 코믹스에 나오는 베티와 베로니카를 생각해 보라. 하나는 금발의 이웃집 소녀이고 또 하나는 못돼 먹은 갈색 머리다. 그들은 가장 친한 사이로 나오지만 실은 아치의 애정을 놓고 경쟁하는 관계다. 이것이 이성애-관계적 메시지다. 이 "끊임없는 소음 공해"는 여성이 세상에 대처할 때 배경막이 된다. 그리고 우리는 그 공해가 어떻게 작용하는지를 알고 있다. 닿는 것마다 스며들어 우리 안에 독성을 퍼뜨린다.

*

그러나 그다음에 레이먼드의 초기작 『성전환 제국: 여-남 만들기』(1979)를 읽고 흠칫했다. 비난받아 마땅한 트랜스젠더혐오에 배를 한 대 얻어맞은 듯한 충격을 받고 그녀의 우정에 관한 책에서 배웠던 것들을 전부 다 되짚어 보게 되었다. 『성전환 제국』에서 레이먼드의 주제는 이런 것이었다. 트랜스젠더는 젠더와 섹슈얼리티 관습을 요약하여 되풀이한다. 레이먼드가 보기에 자기가 가지고 태어난 신체를 버리고 자기가 아는 신체로 넘어가는 것은 페미니즘이 얻어 낸 이득에 대한 모욕일 뿐 아니라 젠더에 대한 고정관념을 강화하는 것이다.

(예를 들어 친구 이야기로 가득한 〈L 워드〉(역주: 2009년 미국에서 방영된 드라마. 전문직 레즈비언 여성들의 이야기를 다룬다)의 키트를 생각해 보라. 그녀는 맥스가 성전환 수술을 받고 난 직후

그에게 부치 정체성으로 만족해야 한다고 말한다. 앨리스는 레즈비언 시청자들로부터 사이트에 성전환한 남성이 나온다고 비난받기를 원치 않기 때문에 맥스를 그녀의 웹사이트에서 제외하려 한다.)[64]

레이먼드는 트랜스젠더를 배제하는 급진적 페미니즘에 관한 책을 쓰고 나서 여성들 간의 우정에 관한 책을 쓴 것이다.

*

레이먼드는 거꾸로 돌아갔다. 나는 실망했고 의문을 느꼈다. 그녀가 한 말이 유용하기는 하지만, 전부 다 거부해야 할까?

트랜스젠더에 대한 그녀의 격렬한 비판에, 그녀가 체계화된 폭력에 이름을 붙인 데 느꼈던 존경심 중 상당 부분은 사라져 버렸다. 우리는 해체하려 하는 바로 그 시스템을 얼마나 빨리 되풀이하는가.

그녀의 글에서 친구를 찾았다고 생각했으나 그 친구에게 실망하고 말았다. 모든 우정이 다 계속 이어지지는 않는다. 상대가 책일 때조차도 그렇다.

*

다른 여자들에 대한 내 경계심과 나 자신에 대한 경계심은 인정하고 싶지 않지만 꽤 오래갔다. 여성의 우정이 무엇인가에 대해 경쟁하는 내러티브들이 있는 것 같지만, 나는 아직 그것들을 다룰 지적이고 감정적인 도구를 갖추지 못했다. 어떤 이유에서건 여자들 간의 친밀한 우정이 깨지는 경험을 너무 많이 했다. 마치 서로 너무 지나치게 가까워지고 너무 많이 의존하게 되면 어느 날 갑자기 관계의 기압이 변화하고 바람이 몰아치는 것 같았다.

내 생각에 그 바람은 레이먼드가 명명한 이성애-관계적 메시지의 한 면일 것이다(그리고 아마 레이먼드 자신도 돌풍에 휘말렸다). 나는 여자들과의 친밀한 우정을 원한다. 그들에게 이끌리고 빠져든다. 내가 아는 많은 여자 또한 다른 여자들과 우정을 쌓고 싶어 한다. 하지만 여자들이 남자들과 우정을 나누기가 더 쉽다는 말을 너무나 자주 들었다(나도 그렇게 말했던가?). 멋지군! 내게도 훌륭한 남사친들이 있다. 하지만 입증된 바는 없지만, 또 다른 양가적 이성애-관계적 메시지들이 들려온다. 말하자면 이런 식이다. 여자들은 질투가 많고, 허영심이 강하며, 멋대가리 없는 존재라 좋은 친구가 될 수 없다. 아, 또 멍청하다. 여자들은 멍청하다. 누가 멍청한 친구를 원하겠는가?

서서히 스며드는 크고 작은 공격으로서 이성애-관계적인 메시지는 결국 이러한 효과들을 발휘한다. 여성들은 세상에 대한 스스로의 경험에서 소외된다. 자신들은 중요하지 않으며, 덜 의미 있고, 공간을 덜 차지해야 하며, 히스테리를 억눌러야 하고, 살을 빼야 하고, 등등의 말을 듣는다. 여성으로서 우리는 세상에 우리의 존재가 받아들여질 자리에 닿기 위해 싸워야 한다.

자신의 내러티브를 쓰면서 동시에 다른 사람의 것을 보기란 너무 힘들지 않은가? 여기에도 거울 단계가 있는 것일까? 그 모든 이성애-관계적 메시지를 무시하려고 싸우고 있을 때에는 똑같은 일을 하는 친구를 보기가 너무 힘겨울 때가 있지 않은가? 여자들 사이의 어떤 우정은 왜 서로 충돌하고, 유리창에 코가 눌리고, 반대편 사람을 알아보고 손을 흔들다가 똑같은 힘으로 물러나는 것일까? 너무 많고, 너무 가깝고, 너무 비슷하고, 너무 이상해서?

*

과거의 정신분석학적 이야기에서 거울 단계는 어린 시절의 발달에서 핵심적인 순간이다. 지금까지는 세계를 연결된 가장자리, 목소리, 몸, 위안거리의 엄청난 연속으로 경험해 왔던 유아가 갑자기 이 연결의 느낌에 주목하는 순간이 온다. 어느 날 거울 속에서 다른 아기의 모습을 보고 그 아기가 자신임을 깨닫게 되면서 연결과 신뢰에 대한 유아의 느낌이 아주 살짝, 아주 심오하게 변화한다. 아! 거울에 비친 모습은 나이면서 내가 아니구나! 나는 거울 속의 내 자리에서 세상을 경험하지만 다른 사람들이 읽어 내거나 잘못 읽어 내는 내 외부 버전이 있어. 진짜로 신기하네. 외롭기도 하고. 그 순간부터 유아는 자신이 세상의 다른 모든 존재와 분리되어 있으며(초기의 외로움), 남들 눈에는 스스로의 모습이 자기가 보는 것과 다른 식으로 보인다는 것(더 초기의 외로움)을 알게 된다. 이런 앎은 짐이 되거나 아니면 전혀 다른 뭔가가 된다.

가부장제에서 살아가는 다른 여성을 보면서 다시 거울 단계를 경험하게 되는 것일까? 두 번째 거울 단계를 이렇게 다시 상상해

본다면, 여성의 우정에 대한 내러티브에서 펼쳐지는 유독성을
설명하는 데 도움이 될까?

*

여성의 우정에는 이 세계에서 계속 가깝게 지내며 서로를 지켜봐
주는 관계를 유지하기가 버거워지고, 그것을 더는 말로 표현하기도
어려워지는 지점이 있다. 다른 사람이 가부장제 문화가 쏟아붓는
집중포화를 헤치고 자기 길을 가려는 모습을 지켜보는 것이
견딜 수 없을 만큼 힘들 때가 있다. 처음부터 그 시스템 속에서
태어났다면 거기에 이름을 붙이기가 쉽지 않다. 그리고 다른 이가
비슷한 억압을 겪는 것을 지켜보는 일도 힘들다. 어떻게 하면
우리가 살아가는 문화 바깥을 상상할 수 있을까? 어떻게 하면 너무
지쳐 버리지 않을 수 있을까? 방법을 전혀 모르는데 어떻게 다른
사람을 돕고 그를 위해 증명할까?

*

어쩌면 같은 처지의 친구가 가부장적 규범성의 옥죄는
내러티브에서 자유로이 풀려날 때 돌풍이 몰아치는지도 모른다.
그 자유 혹은 불안은 다른 이에게는 너무 감당키 어려운 것이 된다.
자신의 삶을 예측 가능한 정류장들이 있는 열차 철로가 아니라
바꿀 수도 있는 선택의 연속으로 보게 되는 것이다.

*

혹은, 그것이 열차 철로라면 누가 철길을 놓고 누가 시간표를
짜는지 생각해 보게 되었다는 뜻이다.

*

우리는 우리의 허세 바로 너머 그림자 속에서 기다리는 다른

가능성들의 흐릿한 잠재성으로부터 떠나 우리 자신에게로
되돌아온다.

*

리사 로버트슨의 우정의 어두운 몸이라는 말은 내가 표현하려
하는 우정의 희미한 가능성에 딱 들어맞는다. 이 말을 풀어내
보고 싶지만 먼저 그 말의 맥락을 설명하겠다. 로버트슨은 더
큰 개념들을 구상한다. 이 단어 공동체는 시 블로그와 어떤
술집들에서 지금 통용되는 공통 화폐다. 공동체의 존재 혹은
부재, 실패, 책임, 지지 등 모두가 이 단어 주위를 맴돌고 있다.
내가 밴쿠버에서 프랑스 시골로, 표면상으로는 "내 공동체"를
떠나 옮겨온 이후로 어디에서나 그 단어의 존재를 느끼는 것일
수도 있다. 여기에서 그 단어를 생각해 보면 양가감정을 느낀다.
공동체가 전혀 그립지 않다. 내 친구들이 몹시 그립다. 이 공동체
개념에서 어느 만큼이 복잡한 충동과 표현 들을 가지고 진짜
우정의 질감을 추상화한 개념일까? 유한하고 결함 많은 개인 간의
뒤틀린 관계에 집중된 관능, 대화, 요리와 같은 그 모든 육체적
문화들. 친구가 무엇일까 생각해 보려고 하면 우리가 사랑하는
이들과 즐겁게 함께하는 이런 활동들 ─ 몸단장, 독서, 잠자기,
꼭 그렇지는 않지만, 섹스, 지적인 논쟁, 책, 옷, 주방 기구 교환,
서서히 하나의 생각이 되고 문화가 되는 이 모든 교환과 얽힘
들 ─ 을 상상해 보게 된다. 혹은 먼저 문화, 친구들의 문화가 있고
그다음에 생각이 있다. 아니면 둘이 동시에 있든가. 글쓰기는
우정의 연장이고 표현이다. 어쩌면 대개는 집단적인 규범들의
중요한 개념과 구조로 제도화되지도, 추상화되지도 않는 우정의

육체적 관능 때문에 우정에 대해 생각하고 이야기하기가 더 위험스러워진다. 내게는 글을 어떻게 쓰게 되는가, 또는 내가 다른 사람들의 글을 어떻게 받아들이는가의 문제는 공동체보다는 말하고 싶은 마음, 함께 웃거나 춤추거나 싸우고 싶은 누군가와 한방에 있고 싶은 마음, 음식을 먹여 주고 싶은 마음, 이 모든 욕구와 더 관계있다. 나는 친구들이 내 책과 글쓰기와의 관계에서 모범이 되어 주고 동기를 유발하였다고 생각한다. 물론 나는 주로 친구들에게 글을 쓰고 그들을 위해서 쓴다. 무엇보다도 그들을 즐겁고 기쁘게 해 주고 싶다. 가끔은 이유를 알 수 없이 고통스럽게 싸움을 하기도 한다. 하지만 이것을 공동체라 부르고 싶지는 않다. 우정의 검은 몸을 지키고 싶다.[65]

로버트슨은 대립하는 관계라기보다는 연결되는 생각과 방식의 다른 조합으로 공동체와 우정 사이의 긴장을 조성한다. 로버트슨에게 공동체는 우정에 대한 자신의 경험을 추상화한 것이다. 나는 이에 대해 공동체를 개인적 관계의 친밀함을 다 벗겨 낸 단어로 읽는다. 그것으로 모든 형태의 가까움을 뜻한다. 내 생각에 공동체는 일반적으로 우정에 대해 말하면서도 구체적인 것을 향해 손짓하는 방식이다. 공동체는 잘해 봐야 친밀함이 생길 수 있는 조직적이고 제도적인 구조를 가능케 하는, 코드화된 언어다. 최악의 경우에 공동체의 언어는 로버트슨이 말한 대로 실체 없는 추상적 개념이다. 재료 없는 장인이고 개인이 없는 이데올로기다.

*

로버트슨에게 우정은 경험의 더 위험한 영역이다. 우정은 에마뉘엘 레비나스(그리고 다른 사람들도)가 "동일자들의 무리"라고 불렀던 것 바깥에서 작동하기 때문에 이름 붙일 수 없다. 우정은 아름다운 차이를 거부한다. 그 차이는 내 식대로 이해한 것으로 번역되기 때문이다. 로지 브라이도티는 유목적 주체로서 우정에 관해 쓴다. 우정은 펼친 날개를 고정당하지 않으려 항상 움직인다.

움직임과 여성의 우정은 반복되는 주제다. 모니크 위티그는 『스트레이트 마인드』에서 이성애 규범적 언어와 문화의 어휘 목록 바깥에 있는 레즈비언 정체성에 대해 말한다. 위티그는 '레즈비언은 여성이 아니'라고 말하면서 가부장제 문화의 이성애적 명령만이 아니라 "여성"으로 범주화하는 방식들은 사회적으로 구성된다고 강조한다.[66] 그녀의 주장은 가부장 문화의 억압적인 이름 붙이기 관습에 참여하기를 거부한다. 어쩌면 우정은 가부장적 담론에 그것을 위한 단어가 존재하지 않기 때문에 이름 붙일 수 없는지도 모른다. 그것은 말 그대로 언어 바깥에 있다.

엘리자베스 그로스가 비슷한 식으로 건축에 관해 쓴 글이 있는데, 내가 아주 좋아하는 글이다. 그녀에게 여성은 언제나 건축물의 바깥에 있다. 건축물은 승인받은 신체들을 위한 공간을 구성하기 때문이다. 그로스는 이렇게 말한다. <u>건축물이 체현을 배제하는 것이 아니라, 성차에 대한 생각이 체현되지 않은 것이다… 신체들은 언제나 건축물 속에 부재하면서도 건축물의 말하지 않은 조건으로 남아 있다.</u>[67] 여성의 우정에 대해서도 같은 말을 할 수 있지 않을까? 여성의 우정은 대중적 담론의 건축물 바깥에 있지만 부재하는 것은 아니라고. 여성의 우정은 가부장 문화의 말하지 않은 조건을 전복하기 때문에 바깥에 있으며, 가부장 문화가 말하지 않지만 그 기반을 둔 조건이기 때문에 반드시 필요하다고.

어쩌면 대개는 공동체 규범들의 중요한 개념과 구조로 제도화되지도, 추상화되지도 않는 우정의 육체적 관능 때문에 우정에 대해 생각하고 이야기하기가 더 위험스러워진다.[68] 로버트슨이 지적한 위험은 혁명적인 잠재력이 있다. 우정에 원래부터 육체적 관능이 있다는 말에서 그 위험이 암시된다. 생식이나 다른 재생산 노동에 대한 강요 없이 다른 육체들과 함께하는 — 웃고 울고 요리하고 춤추고 포옹하는 — 육체들이 있다. 자본주의적 이데올로기에 맞서는 우정. 그 자체의 경제인 우정.

*

로버트슨은 콕 집어 여자들 간의 우정에 관한 이야기라고 하지는 않았지만, 나는 그녀가 말한 우정에 관해 생각하고 말하는 데 따르는 위험이 여성의 우정을 생각하는 데 유용하다고 본다. 우정에 관해 생각하고 말하는 것(…에 반대되는 것으로)이 반-제도적이라면, 여성의 우정에 대해 생각하고 말하는 것은 말할 것도 없이 선동적이다. 지속적인 이성애-관계적 메시지 앞에서 친밀한 동성 우정에 관해 쓰고 말하고, 친구의 경험을 목격하고, 규범적 내러티브 바깥에 있는 경제에 참여하기란 힘든 일이다. 중요한 것은 맞다. 그리고 힘들다. 그 노고와 가치를 표시할 통화가 없는 일이다.

*

다른 여자들에 대한 내 경계심과 나 자신에 대한 경계심은
인정하고 싶지 않지만 꽤 오래갔다. 여성의 우정이 무엇인가에
대해 경쟁하는 내러티브들이 있는 것 같지만, 나는 아직 그것들을
다룰 지적이고 감정적인 도구를 갖추지 못했다. 어떤 이유에서건
여자들 간의 친밀한 우정이 깨지는 경험을 너무 많이 했다. 마치
서로 너무 지나치게 가까워지고 너무 많이 의존하게 되면서 어느
날 갑자기 관계의 기압이 변화하고 바람이 몰아치는 것 같았다.
여성의 우정에는 이 세계에서 계속해서 가깝게 지내며 서로를
지켜봐 주는 관계를 유지하기가 버거워지고, 그것을 더는 말로
표현하기도 어려워지는 지점이 있다.

*

예를 들어 새 친구의 팔에 있는 가느다란 하얀 흉터를 조심스럽게
보고 아무 말 없이 내 소매를 걷어 올리던 일을 생각한다. 내가
알기 한참 전에 친구는 벌써 내 파트너가 나를 속이고 바람피우고
있음을 알고 있었고, 내가 눈치채든가 사실을 알 준비가 되면
내게 알려 주려고 기다리고 있었던 일을 생각한다. 내 친구 — 중
너무나 많은 사람 — 가 토막토막, 목소리를 낮춰, 소곤대며 젠더
기반 폭력의 경험을 설명하는 것을 지켜보던 일을 생각한다. 에마
힐리가 "비밀번호 같은 이야기들"을 쓰면서 다시 열린 수문과 그
이후의 반동에 대해 생각한다.[69] '인터넷의 용감한 여성들' — 엘
존스, 스테이시 메이 파울스, 앤 테리오, 리베카 블레이키, 사치
콜 — 이 말한 진실에 너무 놀라 대답할 적절한 말을 찾거나 최소한

나 여기 듣고 있어요라는 말조차 할 수 없어 수치심에 괴로워하던 일을 생각한다.

가끔 필터를 쓰지 않은 빛 속의 당신 모습을 다른 사람에게 보여주면 결국 당신이 그들로부터 떠나가게 된다. 이런 목격의 순간들 이후 친구들이 나를 떠나갔다. 내가 떠나간 친구였다. 가끔은 우정이 위태롭게 흔들리고 사람을 실망하게 한다. 가끔은 네가 위태롭게 흔들리고 남들을 실망하게 한다. 아프다. 여전히 아프다.

*

로버트슨의 말, 우정의 검은 몸의 다른 면을 읽을 수도 있을 것이다. 그 어둠은 담론의 가장자리에서 작동할 때 불러낼 수 있는 사생활과 생성적인 비밀을 가리키는지도 모른다. 또한 삶의 현실들이 뒤엉키는 교차점에서 일어나는 것을 가리키는지도 모른다. 나는 온종일이라도 페미니스트 킬조이 이론과 사상에 대해 말할 수 있지만, 내 글을 두고 일상생활로 되돌아가면 여성혐오로 가득한 현재 속에 살고 있다. 여성과 다른 타자들에 대한 부정적인 내러티브들 위에 지어진 현재의 순간 속에 살고 있다. 그 내러티브들은 사라 아메드가 말했듯이 끈적거린다.[7] 점점 커진다. 축적된다. 나를 내리누른다. 우정의 어두운 몸은 우리가 서로를 좋아하려고 애쓰다 실패하고 다시 애쓰는 일의 무거움을 가리킬지도 모른다.

여성의 우정을 로맨스로, 정말로 플라토닉한 욕망의 최후 보루로 묘사한 책을 읽은 적이 있다. 이 내러티브가 마음에 와닿는다.

로버트슨의 우정의 검은 몸과 잘 어울린다. 하지만 한편으로는 경계심이 든다. 로맨스를 줄거리에 재활용한다면 그 줄거리에 침전된 모든 연상이 따라서 같이 끌려올 수도 있다. 나는 이 세계가 여성의 우정을 위한 자리를 만들어 주지 않는 방식에 이름을 붙이고, 그런 세상에서도 우정이 만들어지고 꽃피우는 방식에 관해 토론하는 데 더 관심이 있다.

그리고 새로운 세상들을 만들기 위해 일하는 데.

*

기억해 보라. 아메드는 세계를 건설하는 프로젝트로 즐거움을 죽이는 일은 가부장 문화의 소위 즐거움을 죽이는 것이라고 말한다. 못된 여자들과 심술궂은 여자 친구들의 내러티브에 다시 불을 붙이면 되는 건가? 아니다. 그건 아니다. 더 좋고, 더 진실에 가까운 이야기들이 있다. 이 더 나은 이야기들을 계속해서 말한다면, 우리가 원하는 세상이 바로 우리가 말하고, 쓰고, 살아가는 세상이 될 것이다.

*

미셸 푸코는 인터뷰에서 "삶의 방식으로서의 우정"에서 동성애적 욕망에 대해 생각해 보았느냐는 질문을 받았다. 인터뷰어가 무슨 대답을 기대했는지 모르겠다 ― 내 말은, 상대는 푸코란 말이다 ― 그러나 푸코는 내가 본 우정에 관한 논문 중 가장 아름다운 것의 하나로 대답했다. 푸코는 욕망을 주요한, 혹은 유일한 성적 힘으로 생각하지 않고 그 초점을 다른 데로 옮겼다. 그는 욕망이 관심과 의도를 체계화하는 방식이라고 말한다.

푸코에게 남성 동성애자 간의 욕망은 강제적인 이성애 헤게모니를 전복하는 방식이 된다. 여기에서 욕망은 금지된 친밀함의 범위를 개방해 준다. 포옹. 가까이 있기. 취약함. 이런 것들에 대한 욕망은 푸코에게 새로운 삶의 방식에 대한 욕망이다.

*

삶의 방식으로서 여성의 우정은 어떤 모습일까? 푸코가 말했듯이 서구 문화의 역사에서 여성 간의 친밀함은 남성과 전혀 다른 식으로 존재했고 인정받으며 규제된다. 여자들끼리의 친밀함은 감시받는 동시에 기대된다. 예를 들어 돌봄은 거의 확실히 여성의 영역이다. 다른 이의 몸을 돌보는 노동은 더 말할 것도 없다. 여성의 우정의 친밀함이 돌봄의 렌즈를 통해 굴절되는 방식에서 잠시 쉬어가자.

*

자크 데리다는 『우정의 정치학』에서 우정을 통해 생각하는 방식을 이야기하며 아리스토텔레스를 거론한다. 데리다는 아리스토텔레스가 우정, 사랑, 죽음을 같은 식으로 썼다고 말한다. 아리스토텔레스에게 본질적인 문제는 사랑하는 것과 사랑받는 것, 다른 이를 아는 것과 자신을 아는 것 중 어느 것이 나은가다. 사랑/죽음/우정으로 이루어지는 이 친밀함의 삼각 미적분학은 아리스토텔레스와 데리다 둘 모두에게 어머니와 자식 사이의 관계에 주목함으로써 쉽게 해결될 수 있는 문제였다.

사실 딱 그렇지는 않다. 아리스토텔레스가 언급한 관계는 어머니가 유모에게 자식을 맡기는 경우다. 그러면 아이의 주 양육자는 유모가 되고, 어머니는 일단 곁에 없지만 그래도 자식을 사랑한다. 데리다는 (아리스토텔레스를 통해) 이를 우정의 자아 없는 가능성의 예로 읽는다. 어머니는 자식을 사랑하지만 자식이 자신의 존재에 대한 단서를 갖고 있지 않으며, 자식이 어머니를 똑같이 사랑하지는 않는다는 것을 안다. 어머니의 이타적인 사랑은 논쟁 전체가 전개되는 기초가 된다.

*

하지만 나는 여기에서 좀 다른 것을 본다. 잠시 역사적인 맥락은 제쳐 두고, 이 젠더화된 사례로 어떤 다른 종류의 친밀한 우정을 읽어 낼 수 있을까? 이것을 우정의 정치학이 아니라 아이 돌봄의 정치학으로 읽는다면 어떨까? 혹은 여성 노동의 정치학은? 혹은 아이를 낳은 여성이 금전적으로 안정된 상황에 있어서 자기 아이를 돌봐 줄 다른 여자를 고용할 수 있는, 더 낫지는 않지만 더 복잡한 경제적 친분 관계의 시스템을 만들어 내는 재생산 경제의 정치학은? 이것을 『허랜드』 속 페미니스트 유토피아의 원형으로 읽으면 어떨까?[7] 아니면 젠더화된 주인-노예 변증법으로 읽는다면? 여기에서 내가 하고 싶은 말은 여성의 우정이 그 자체로 읽히기보다는 다른 것을 위한 은유로 기능한 오랜 역사가 있다는 것이다. 삶의 방식으로써 여성의 우정은 어떤 모습이 될까?

*

주류 문화에 흔히 나오는 제한된 내러티브에 도전하는 여성의 우정에 대한 예들이 셀 수도 없이 많다. 예를 들어 메리 매카시와 해나 아렌트의 우정을 보라. 아무도 이해하지 못했다. 미셸 딘이 썼듯이, 아렌트와 매카시는 조지 엘리엇, 데카르트의 이원론,

엘드리지 클리버, 칸트, G. 고든 리디, 사르트르 등 다양한 주제에 대해 서로에게 편지를 썼지만 그들의 우정은 동시대인과 역사가들에게 로맨스로 언급되었다(언급되기나 한다면 말이지만).[72] 그들의 우정은 일반적인 비유로 축소되었다. 함께 남의 뒷공론을 하는 심술궂은 여자들, 함께 계략을 짜는 야심 많은 여자들. 아렌트가 『예루살렘의 아이히만』, 맥카시가 『그룹』으로 같은 해에 혹평을 받았을 때 그들은 비판의 폭풍 속에서 서로를 지지해 주었다. 그들은 지식인 동지였다. 불화와 충돌도 있었다. 정치적으로나 자아를 재현하는 방식에서나 똑같지는 않았다. 그래도 수십 년간 아주 가깝게 지냈다.

*

혹은 게일 킹와 오프라 윈프리는 어떤가? 수십 년에 걸친 그들의 우정은 도무지 이해할 수 없는 것이어서 주류 매체는 계속 수치스러운 레즈비언 관계로 규정 짓는다.

혹은 티나 페이와 에이미 폴러는?

니나 시몬과 미리엄 마케바가 무슨 이야기를 했는지 더 알고 싶다.

무라카미 사치코와 앤절라 롤링스가 예술과 글에 대해 서로 어떤 이야기를 했는지 초대받아 들어 봤으면 좋겠다.

C와의 우정이 내가 세상을 살아가는 방식을 어떻게 바꾸어 놓았는지 들려주고 싶다.

*

삶의 방식으로서 우정이 지닌 너그러움과 광활함을 원한다.

페미니스트 킬조이의 다양한 버전의 우정을 삶의 방식으로
받아들인다면 실현될지도 모를 세상들을 원한다.

*

여기, 이 페이지에서 당신과 친구가 되고 싶다.

*

"나는 여성이다"라고 쓰는 것은 대단히 중요하다.[73] 니콜
브로사르가 이렇게 썼다. 그녀의 많은 독자는 이를 여성의
일상적 경험이 재현을 초과하는 동시에 내러티브에 의해 겹쳐
쓰이는 모든 방식을 짧게 요약한 것으로 받아들였다. 브로사르는
이 말을 프랑스어로 썼다. 이 말은 여성이라는 점이 대단히
중요하다고 말함으로써 공간을 차지하는 것뿐일까? 대단히 중요한
프랑스어 사용자로서 영어로 "나는 여성이다"라고 쓰는 것인가?
브로사르는 언어의 몸을 통해 여성임을 밝힘으로써 어떻게 공간을
차지하는지가 대단히 중요하다고 주장하고, 또 이를 보여준다.

나는 여성이 아닙니까?[74] 소저너 트루스는 이렇게 썼다. 메이
헨더슨 교수가 가르친 학부 문학 수업에서 이 글을 처음으로 읽은
기억이 난다. 헨더슨 교수는 우리에게 이렇게 말했다. 트루스의
질문에 담긴 수사적 표현을 잘 들어 보세요. 헨더슨 교수는
트루스의 글을 큰 소리로 읽어 주면서 잘 들어 보라고 했다. 들어
보세요, 트루스는 처음에는 이 말을 쓰기보다는 입으로 말했을

수도 있어요. 이것이 어떤 종류의 신체-기억을 읽어 주기보다는 기억하고 암송하는지 잘 들어 보세요. 이런 진실을 경험하고 차이와 거리와 시간을 넘어 우리에게 표현해 주기 위해 그녀가 어떤 종류의 지식과 경험의 신체를 가졌어야 했을지 상상해 보세요.

*

두 여자. 한 명은 퀘벡 출신 백인이고 또 한 명은 노예제에서 살아남은 흑인이다. 현재 상황에 질문을 던지는 영리한 두 여자. 둘은 차이의 심연을 넘어 말로 이어지고, 그 차이를 번역하지 않고 만나서 생각할 공간을 제공한다.

*

이것 또한 일종의 우정이다. 그렇지 않은가?

*

브로사르의 말과 트루스의 질문으로 돌아가 그 자리에서 내 생각을 정리하겠다. 전에 읽었던 것으로 돌아가 보면 할 일이 많다. 나는 항상 읽은 책을 되풀이해 읽는다. (실은 관찰도 거듭해서 한다. 부모님이 내게 자주 말씀하셨듯이, 내가 어릴 때 이상한 시기가 있었다. 이사하고 난 후 몇 달 동안 휴일에 관해 노래하며 추는 빙 크로스비와 로즈메리 클루니의 춤을 보고 또 보았다.) 읽었던 책의 일부를 생각해 보고, 쓰면서 다시 읽고 여자들끼리의 우정에 대해 생각해 본다. 문득 박사 졸업 시험을 준비하던 때가 스쳐 지나간다.

시험공부를 하면서 20세기와 21세기에 글을 쓴 여성들의 책

수십 권을 읽는 호사를 누렸다. 어느 주말에 토니 모리슨과 조라 닐 허스턴의 책을 읽고 있었다. 『술라』, 『그들의 눈은 신을 보고 있었다』를 고등학교 때 읽고 너무나 좋아했기 때문에 여전히 가지고 있었다. 말했듯이 나는 미국 남부의 학교를 다녔다. 그 지역에서는 인종 정치학이 예나 지금이나 가장 중요하지만, 역시 인종 정치학이 예나 지금이나 가장 중요한 캐나다와는 전혀 다른 방식으로 유통된다. 그래서 내가 영어 수업에서 읽었던 책들은 토니 모리슨의 것이었다. 그때 막 모리슨은 『빌러비드』를 냈고 오프라 쇼에 나왔다. 영어 수업에서 오프라에게 모리슨과 함께 방송에 나가게 해 달라고 부탁하는 편지를 썼다. 또한 마야 앤절로가 쓴 『새장 속의 새가 왜 노래하는지 나는 아네』도 읽었다.

그 책들을 다 아주 좋아했지만, 십 대로서 허스턴의 『그들의 눈은 신을 보고 있었다』를 특히 좋아했다. 제이니의 인내심이 마음에 들었다. 내 말은 그녀가 별일을 다 겪고도 살아남았다는 뜻이다. 그러나 거의 십 년이 지나 갓 배운 페미니즘 이론으로 머릿속을 꽉 채우고 그 책을 다시 보니 전과는 다르게 보였다.

앨버타주 캘거리에서 그 소설을 읽었을 때 제이니에 대해 특히 마음에 들었던 점은 그녀의 자립심이었다. 하지만 다시 그 책을 읽어 보니 끔찍한 첫 번째 결혼, 티 케이크와의 멋진 로맨스, 그녀의 무죄 선고 등 제이니의 이야기 전체가 친구 피비가 없었더라면 존재하지 않았으리라는 것을 깨달았다.

머리를 망치로 한 대 맞은 듯한 깨달음이었다.

이 소설의 출간을 둘러싸고 복잡한 역사가 있다는 점을 기억해 둘
필요가 있다. 리처드 라이트와 랠프 엘리슨은 신랄한 서평을 썼고,
다른 서평들도 칭찬은 거의 없이 비난만 하거나 허스턴의 젠더와
책의 가치를 관련지었다. 허스턴의 작품과 그녀의 삶이 지닌
중요성에 반해 이를 알고 있는 사람은 거의 없다는 점에 주목해야
한다. 여성이라는 점과 백인우월주의 체제에서 흑인이라는
점은 말할 것도 없고, 어느 정도는 그녀의 정치학과 미학이
당대의 선도적인 흑인 남성들과 달랐기 때문에 그녀의 삶과
글이 상대적으로 잘 알려지지 못했다. 허스턴은 오십 편이 넘는
문학과 저널리즘 작품을 썼고 광범위한 현장 조사를 수행했던
훌륭한 인류학자였다. 그러나 1973년 앨리스 워커가 허스턴의
무덤을 찾아갔을 무렵에 그녀의 무덤과 작품은 거의 잊혔다.
워커가 허스턴의 무덤을 찾아내고 「조라 닐 허스턴을 찾아서」를
1975년 《미즈》에 발표하여 허스턴과 그녀의 작품을 다시 공적
담론으로 끌어낸 데 감사해야 마땅하다. 다른 작가와의 관계에서
여성의 우정을 보여준 워커의 행동은 세대를 초월하고 한 친구의
죽음에서 끝나지 않는 우정의 몸짓으로 평가되어야 한다.

제이니가 처음에는 정서적인 학대, 그다음에는 물리적 학대에서
살아남았다는 사실 너머를 보아야 한다. 그녀의 연인이 개에 물려
광견병에 걸렸고 그녀는 자기 목숨을 지키기 위해 그를 총으로
쏘아야만 했다는 것은 잠시 제쳐 두자. 백인 여자들이 제이니의

변호에 증인으로 나타나 힘을 보탰다는 기이하고도 의미심장한 사실은 기억해 두자. 우리 중 누구든 제이니의 특이한 삶에 눈길을 주어야 할 이유가 있다면, 그녀의 가장 친한 친구가 그녀에게 안부를 물었기 때문이다.

모두가 그녀를 놓고 뒷공론에 한창인 이턴빌의 집으로 돌아온 후, 제이니는 작업복 차림으로 머리를 풀어 길게 늘어뜨리고 거리를 걸어가 피비의 집으로 곧장 향한다.

그러면 피비는 무슨 말을 할까?

<u>잘 지냈니? 무슨 일이 있었는지 얘기 좀 해 봐.</u>

그래서 제이니는 이야기를 한다. 피비의 집 앞 계단에 앉아 전부 다 이야기한다. 좋은 일, 그리 좋지는 않은 일, 진짜로 끔찍했던 일, 제이니는 하나도 빼놓지 않고 다 이야기한다. 그런 다음 그들은 깔깔 웃는다. 제이니는 이야기를 들어주고, 해야 할 질문을 하고, 친구가 이야기하게 해 주는 친구 피비에게 이야기를 함으로써 수선해야 할 자신의 마지막 부분을 수선한다.

*

피비의 집 앞 계단에서 그들은 함께 세상을 만든다.

3장:

페미니스트 엄마 노릇에 대한 쪽지

땀을 흘리며 주방 테이블에 앉아 있다. 새벽 5시 50분이다. 거의 한 시간째 컴퓨터 화면을 들여다보고 있다. 감기가 나아 가고 있지만 심한 증상이 가신 후에도 여전히 몸이 떨린다. 몸이 좋지 않다! 바닥에 누워 깨끗한 병원 수술복을 입은 사람이 나를 데려다 침대에 눕혀 줄 때까지 그 말을 속삭이고 싶다. 차가운 시트가 있었으면 좋겠다. 내 이마를 짚어 주는 서늘한 손이 있었으면.

어렸을 때 아프면 어머니는 나와 함께 집에 계셨다. 어머니는 나를 침대에 눕히고 상태가 좀 괜찮으면 진저에일과 책을 갖다주셨다. 하지만 보통 나는 진짜로 견딜 수 없을 만큼 상태가 나빠져야 누웠다. 어머니가 들어와 내 베개를 서늘한 쪽으로 뒤집어 주시거나 손수건에 싼 얼음을 빨아먹으라고 갖다주셨다. 그러면

기침이 좀 덜해졌다. 그리고 나는 침대에 누워 엄마의 간호를
받았다.

이제 어른이 되니 아플 때 간호를 받는 일이 많지 않다. 아플 때는
솔직히 그다지 마음이 넓거나 관대해지지 못하지만, 그건 누구나
마찬가지일 것이다. 오늘 내가 딱 그렇다. 아프다. 내 이마를 짚어
줄 서늘한 손은 어디 있나? 우리 엄마는 어디 있나? 누가 마치
중요한 일은 그것밖에 없다는 듯이 참을성 있게 나를 부축해 주고
진저에일을 갖다줄까? 아플 때는 나르시시즘에 빠지기 쉽다.
진짜 아프다. 내가 제일 아프다(마치 이것이 경쟁이라도 되는
양). 하지만 프로이트가 나르시시스트에 대해 그렇게 말하지
않았는가? 환자는 가장 완벽한 나르시시스트의 사례다. 오직
자신과 병에 관해서만 관심을 보인다. 그러니까 아플 때 간호를
받는 생각을 하는 것도 충분히 그럴 만하다. 하여간 어릴 때 아프면
몽롱한 상태에서 침대에 누워 있었고 어머니가 가끔 와서 체온을
재고, 진저에일을 갖다주고, 이마를 손으로 짚어 주셨다. 그러면
보살핌을 받는 기분이 들었다.

지금은 내 역할이 바뀌었다. 이제는 내가 보살펴야 한다.

이제 내가 어머니다. 내가 아프다. 주방 테이블에 앉아 글을 쓰고
있다. 나를 딱하게 여기지는 말아 주었으면 좋겠다. 대부분은 내가
선택한 것이다. 나중에(바라건대 몇 시간 후) 딸이 아기 침대에서
노래하는 소리가 들릴 것이다. 딸은 아직 돌이 안 되었지만

노래하라고 하면 나를 즐겁게 해 준다. 바! 마마! 다! 다! 다!
떠들어 댄다. 입술 사이에서 혀를 떨며 소리를 낸다. 요즘 아침에
아기 침대에서 일으키려고 방에 들어가 보면 주위에 봉제 인형을
잔뜩 쌓아 놓고 앉아 있다. 딸이 노래하면 뒤에서 바 바 바 하고
음을 넣어 주는 코러스 같다. 지금도 팔을 뺄 수 있는 침낭을 입고
아기 침대 난간을 붙잡고 서 있다. 내가 들어가면 활짝 웃는다.
바로 웃는 건 아니고, 늘 웃어 주는 것도 아니다. 어떤 날은 잠시
나를 엄숙한 눈길로 쳐다본다. 아기를 낳기 전까지는 아기들과
시간을 보내 본 적이 없어서, 이런 아기들의 엄숙한 태도가
재미있다. 그럴 때면 아기가 자기 영혼을 들여다보는 것 같다던
친구의 파트너 말이 이해가 간다. 이런 감상에 빠질 시간은 없지만,
아직 커피도 마시지 못했고 냉소주의로 무장할 틈도 없는 아침
시간에 딸이 거기 서서 큰 눈을 진지하게 깜박이며 나를 뜯어보고
있을 때는 무장해제가 된다. 딸아이의 말소리가 들리는 것 같다.
아, 엄마군요. 안녕. 오늘도 일해야 해요? 그러면 나도 잠시 거기
서서 아이를 바라보며 생각한다. 그런가? 딸아이가 미소를 짓는다.
이를 다 드러내고 함박웃음을 짓는다. 미소가 온몸을 다 에워싼다.
아이는 신이 나서 키득거린다. 그렇게 주문이 깨진다 — 아니 다시
걸린다 — 우리는 몸을 돌보는 일과 일상생활로 다시 돌아간다.

*

엄마 노릇. 엄마가 된다는 것. 나는 엄마다. 내게는
페미니스트보다도 더 생각하기 어려운 범주이고 개념이다. 나는
엄마다보다는 나는 페미니스트다라고 이해하고 말하는 편이 더
쉽다. 왜 그럴까 곰곰이 생각해 보았는데 내 결론은 이렇다. 나는

학문적 배경에서 페미니즘 사상과 이론을 공부해 왔다. 내가 공부했던 문헌 중에는 엄마 노릇 — 심지어 페미니스트 엄마 노릇 — 을 다룬 것도 있었지만 학계는 양육이나 아이 돌보기나 부모 노릇을 할 자리를 내주는 곳이 아니다. 선배들이 일과 생활의 균형을 맞추느라 고군분투하는 모습을 보았다. 동료들이 뒤처지고, 밀려나고, 아이가 있어도 어떻게든 연구와 교육 경력을 이어 나가려다가 과로로 쓰러지는 모습을 보았다. 그 모든 것이 내면화되었다. 그래서 파트너와 아이를 갖기로 했을 때 눈앞에 닥친 가장 큰 문제는 이런 어마어마한 변화가 내게 무엇을 의미할 것인가에 대해 나 자신이 내면화한 관념이었다. 나는 일에 대해, 내 연구에 대해, 그리고 아기를 낳으면 내가 어떻게 보일지 — 보이기는 할지 — 에 대해 표현할 말을 찾으려 했다.

*

십여 년 전 읽은 도리스 레싱의 『금색 공책』이 기억난다. 그 소설은 영국을 배경으로 1930년대에서 1950년대까지 펼쳐진다. 애나 울프가 주인공이고 금색 공책은 애나가 자신의 삶을 기록한 공책 네 권 중 정점이다. 그녀는 공산당원이었다. 이혼했다. 종종 불편한 긴장 관계를 겪기도 했지만 몰리라는 좋은 친구가 있다. 둘 다 겉보기에는 급진적이지만 알고 보면(놀랍게도!) 실은 가부장적이고 억압적인 환경에서 스스로를 위한 공간을 얻어 내려 애쓰고 있다. 애나와 몰리는 정치, 당에서의 위치, 아이들, 일 때문에 초조하고 불안하다. 공책들이 전부 애나의 것이라서 우리는 그녀의 싸움 — 어머니와의 싸움, 제 일을 위한 공간을 만들려는 싸움, 자유로운 여성이 되려는 싸움 — 을 엿볼 수 있다. 그녀의 투쟁을 볼 수 있고, 그 투쟁은 거칠다. 가능성의 모순, 현실의 모순들은 충격적이다. 애나는 추락하기 시작한다. 이 소설을 읽고 마음이 괴로웠고 그 내용이 잊히지 않았다. 요즘 들어 그 책에 대해 더 많이 생각한다. 애나가 어떻게 완전히 현대 여성으로 보이는지, 그리고 어떻게 자신에 대한 (물질적, 감정적) 요구들에 시달린다고 느끼는지에 대해 생각한다.

*

내 딸은 내 몸 밖으로 나온 후 삼십 초도 안 되어 작은 새 부리 같은 입을 열어 내 젖꼭지를 찾았다. 코로 파 헤집어 먹을 것을 찾는 돼지 같다. 배설물을 뒤집어쓴 돼지들이 생각났다. 돼지는 영리한 동물이다. 산파는 흥분했다. 간호사가 내 어깨를 토닥여 주었다. 내가 너무 진이 빠지고, 솔직히 말하자면 이제 막 끝낸 일이 그저 경이로워 정신을 차릴 수가 없어서 내 파트너가 나를 위해 주위 상황을 알려 주었다. 딸아이는 아직도 탯줄이 붙은 채였다. 그 순간보다 더 내 몸이 내 몸처럼 느껴지지 않았던 때가 없었다.

말하자면 이렇다. 추락하는 기분이었다. 끝도 없이 계속 떨어지고 떨어지고 또 떨어졌다. 현기증은 없었고 유체 이탈하는 경험도 아니었다. 그냥 내가 내 몸 밖에 나와 있는 것 같았다. 조금 전까지만 해도 내 안에 있었던 우리 딸이 내 옆에 있었다. 작고 성별을 알 수 없는 마트료시카 인형 같은 딸은 내 거대한 자궁 속에 자리 잡고 있었다. 조금 전까지만 해도 우리는 아기를 너무 빨리 어떤 범주에 넣고 싶지 않아서 쑥쑥이라고 불렀다. 쑥쑥이는 거기 있으면서도 거기 없었다. 나는 내가 아니었지만 여전히 나였다. 그리고 이제 쑥쑥이는 우리 딸이었다. 나는 나이면서 또한 엄마였다. 그 순간 심오한 인식론적 변화를 느꼈다. 나 자신이 누구인지 알 수 없었고, 마음이 편안하지도 않았다. 내가 짐승의 위치로 떨어진 기분이었다. 아기를 품에 안고, 산파가 내 찢어진 곳을 봉합해 주고 간호사가 장비를 체크하고 외과의가 놀라워하는 사이, 연약해진 것 같기도 하고 뭔가 낯설고 이상한 기분이 들었다. 내가 소위 "정상"(병원에서 자연분만을 할 수 있고, 모유 수유가 가능하며, 아기가 아프가 채점법을 통과했다고 하는 상태)이라는 증거조차도 그랬다. 기분이 묘했다.

*

묘하다는 것이 맞는 표현일까? 대학원에서 '언캐니(uncanny)'에 대한 프로이트의 이론으로 논문을 쓰면서 그 단어와 개념이 어디에서 유래했는지를 알고 놀랐던 적이 있다. 바로 호프만의 『모래 사나이』에서 나왔다. 주인공인 불쌍한 나타나엘은 올림피아라는 여자에게 반하는데, 알고 보니 그녀는 진짜 사람이 아니라 자동인형이었다. 이 무시무시한 단편에서 많은 일이 벌어지지만, 프로이트는 나타나엘이 올림피아를 착각한 데 주목한다. 그녀는 기묘하다. 진짜가 아니지만 진짜가 아닌 것도 아니다. 올림피아의 정체를 착각했던 나타나엘은 그녀의 눈에서 진실을 보면서 점점 미쳐 간다. 프로이트에게 언캐니는 자신에게서 눈을 돌리게 되는 두려움과 연관이 있다. 거세를 의미하는 손이 하는 일종의 눈속임이다. 그래서 나타나엘은 진짜가 아닌 소녀 올림피아의 진짜가 아닌 눈을 들여다보고 추락한다. 그는 떨어지고 또 떨어진다. 그 추락이 기묘함의 정체다. 낯섦을 뜻하는 언캐니는 기이함 속에 숨은 친숙함이다. 익히 알고 있는 것인데 다시 잘 보면 뭔가가 어긋나 있다. 친숙한데 친숙하지 않다. 그래서 자기 자신이든, 연인이든, 집이든 아주 잘 알고 있는 것으로 되돌아왔을 때 떠날 때와 똑같이 그대로의 상태이지만 그런 것은 중요하지 않다. 그런데 "똑같이 그대로"가 아니다…. 부조화한 언캐니에서 전에 있던 것은 지금 기묘한 모습으로 있다. 그러니 추락하지 않을 도리가 있겠는가?

매기 넬슨은 스스로를 돌보는 것과 다른 사람을 돌보는 것의 복잡한 대수학을 윤리학으로 설명한다.[75] 그녀는 출산에 관해서도 이야기하는데, 추락은 반복되는 주제다. 넬슨은 D. W. 위니콧으로 돌아가 추락에 대해 말한다. 그녀는 엄마 노릇에 대한 위니콧의 말이 설득력 있다고 본다. (나 역시 그랬지만, 넬슨이 그것을 자신의 말로 표현했을 때에서야 비로소 알았다). 적당히 좋은 어머니/주 양육자가 있으면 그것으로 충분하다. 이 사실은 중요하다. 누구나 이론적으로는 충분히 좋은 환경 — 아이의 요구가 잘 충족되어서 아기 때 어떤 충돌도 기억하지 않고, 기억할 필요가 없는 환경 — 을 제공할 수 있기 때문이다. 말하자면 그런 환경에서도 분명 충돌은 있지만 자기 보호를 위해 기억해야 할 만큼 심하지는 않다는 것이다.

(이 말을 할 동안 딸아이가 침대에서 바닥으로 떨어지는 장면이 마음속에서 총천연색으로 재생되고 있다…)

그러나 위니콧의 주장에서 핵심은, 적어도 부분적으로는 어머니가 자신의 존재를 지우며 살아간다는 점이다. 어머니는 어머니/ 타자(m/other)가 되어 가는 기묘한 도가니 속에 존재한다. 아기를 잘 돌보는 것은 물론 중요하다. 하지만 아기에게 좋은 환경을 제공해 주지 못한다면(어떤 이유에서건) 그 결과는 심각할 수 있다. 넬슨은 이를 다음과 같이 설명한다.

영원한 추락 / 온갖 분열 / 정신과 신체를 분리하는 것들 / 산산조각이 남 / 영원한 추락 / 죽어 가고 죽어 가고 또 죽어 감 / 접촉을 회복할 희망이 흔적도 없이 완전히 사라짐[76]

위니콧의 공식에서 아이러니는 이것이다. 아이는 좋은 환경에 있다면 그것을 기억하지 않을 것이다. 환경은 매끄럽게 흘러가 당연한 것이 될 것이다. 일상적인 돌봄의 의무를 기억할 사람은 주 양육자(대개 어머니)뿐이다. 나 또한 그렇게 내 존재를 지우고자 한다. 내 딸이 내가 매일같이 해 준 일을 전부 잊기를 바란다. 나는 딸이 좋은 환경에서 자랄 수 있도록 노력하고 있고, 반드시 나 자신을 지울 것이다.

*

복잡하다. 나도 안다. 기억되지 않는다고 생각하면 마음이 복잡해진다. 되돌려 받을 가망이 없어도 다른 사람을 사랑하는 아리스토텔레스의 우정의 기하학에 대해 다시 생각해 보게 된다. 열렬히 사랑하지만 그 사랑을 뻔하면서도 꼭 필요한 식으로 보여 주는 일상의 실천은 어렵다. 예를 들어 젖 먹이는 일이 그렇다. 이 작은 것에게 젖을 먹일 때는 몇 달을 잠에서 깨려고 내 몸을 꼬집었다. 머리가 흐리멍덩해질 만큼 지치고 꼬집힌 몸은 욱신거렸지만, 딸아이는 기억하지 못할 테니 감사한 일이다. 그것이 바로 내가 간절히 바라는 바이니까.

*

문득 생각해 보니 나도 어릴 때 그런 사소한 순간에 받았던 보살핌을 기억하지 못한다.

그 말은 내가 돌봄을 잘 받았다는 뜻이다.

그 말은 내가 엄마를 잊었다는 뜻이다. 이제야 알겠다.

*

<u>엄마 노릇</u>과 <u>부모 노릇</u>은 똑같지 않다. 차이가 크다. 파트너와 아기 돌보는 일을 어떻게 분담할지, 어떻게 일을 좀 덜어 내고 우리 스스로를 돌보고 서로를 돌볼지 익혀 나가면서 이런 차이들을 통해 생각해 보게 되었다. 우리 작은 가족이 막 생겨나고 점차 발전해 가서 이렇게 함께 있게 된 것이 더는 낯설게 느껴지지 않게 되면서, 이런 차이들을 통해 생각해 보게 되었다. 앞으로 나아가고 끊임없이 뭔가가 되어 가고 있지만, 새로운 두 부모를 둔 갓난아기처럼 미친 듯이 난리를 치지는 않으면서.

<u>부모 노릇</u>은 공간을 만들어 낸다. 이것은 포괄적인 용어다. 남자+여자=아기=가족이라는 이성애 규범성을 휘저어 놓는다. 고맙기도 해라. 또한 <u>부모 노릇</u>은 부모에게도 공간을 만들어 준다.

당연한 얘기 같지만, 아기를 낳지 않은 사람들도 육아 휴가를 받을 공간을 만들어 주고, 모두에게 아이들에 대한 책임을 강조한다. 엄마 노릇은 다른 함의를 갖는다. 우선 매우 젠더화된 표현이고 사적인 관계로 코드화된다. 그것은 여성화된 노동이다. 나는 두 단어가 동등하기를 바란다. 솔직히 말해서 이렇게 쓰자니 바보 같은 기분이 들지만 써야겠다. 나는 부모와 엄마가 같은 것을 가리키기를 바란다. 하지만 실제로는 그렇지 않다. 그냥 그렇지 않다. 그리고 그 차이가 악영향을 끼친다. 나는 내 나이, 내 시스젠더, 내가 태아를 키워서 아기로 낳을 수 있다는 사실 때문에 엄마로 보인다. 나보다 어린 이웃 여자에게 옆집 엄마로 불리는 것은 내 존재를 인정받는다는 특권 — 나는 옆집 엄마다! — 인 동시에 내 존재의 삭제 — 듣기 좋으라는 뜻으로 한 말은 아니다 — 다. 그 말은 뻔한 역할로 나를 욱여넣었다.

그런데 내가 옆집 트랜스젠더 엄마라면?

혹은 유색인종 엄마라면?

혹은 장애가 있는 엄마라면?

엄마 대 부모의 문화적 무게에는 한 단어를 다른 것으로 대체하는 것 이상의 뭔가가 있다. 사라진 경험의 특수성과 뉘앙스가 있다. 그리고 이런 단어들이 무시하는 정서적인 애착의 복잡성도 있다.

*

최근에 한 친구가 내게 루퍼 소프의 「엄마, 작가, 괴물, 하녀」[77]를 보내 주었다. 소프는 어린아이들의 엄마 노릇을 하는 평범한 아름다움, 이성애적 동반자 관계와 창조적인 일(그녀는 작가다) 사이의 무수한 모순을 탐색하면서 엄마, 작가, 파트너로서 자신 속으로 깊이 파고들어 간다. 노동과 가시성이 그녀의 탐색 중심에 있다. 내 친구가 강조한 대목이 있다.

얼마 전 어머니에게 이렇게 말했다. "가끔은 아이들이 나를 집어삼킬 것만 같아요. 아이들이 나를 치약 튜브처럼 써먹고 알아차리지도 못할 것 같아요." 엄마는 엄마의 거실에서 울고 있는 나를 보며 고개를 끄덕이셨다. 내 아이가 바닥을 기어 다니고 있었다.

"그럴 거다." 엄마가 말씀하셨다.

소프에게 엄마 노릇에 대해 문화적으로 축적된 기대는 간단치가 않다. 그녀의 노동은 감정적인 것과 물질적인 것 모두 사소하고 모호한 식으로 필수 불가결한 동시에 눈에 보이지 않는다.

가끔 내가 하는 집안일이 보이지 않는 사람이 하는 일인 듯한 기분이 든다. 그렇지 않다면 어떻게 남편이 늘 욕실 문 뒤에 속옷을 처박아 둘 수가 있겠는가? 그의 젖은 수건은 침대 위에 있고? 물론 남편은 내가 팟캐스트를 들으며 글루텐을 넣지 않은 음식을 생각하면서 아기를 업고 땀을 뻘뻘 흘리며 자신의 구겨지고 젖은

팬티를 줍는 줄 모른다. 그가 자신의 행동에 대해 이렇게 말하지는 않는다. "자, 여보, 나를 따라다니면서 주워요." 그러지는 않지만, 남편은 빗자루가 살아나 바닥을 쓸고 찻주전자가 스스로 물을 따라 주는 마법의 성에서 사는 줄 아는 것 같다.

이 대목을 읽고 마음이 아프다. 그녀가 쓴 글에서 내 모습이 보여서, 내가 나 자신을 그런 식으로 여기고 싶지는 않아서 마음이 아프다. 가장 마음을 찌르는 부분은 소프가 아기를 업고 땀을 흘리면서 허리를 굽혀 속옷을 집는 모습이다. 나도 오늘 아침 똑같은 일을 하면서 내가 정리 정돈에 너무 집착하는 건 아닐까 생각하고 내가 가끔은 별로 재미가 없지 않나 걱정했다.

누가 혹은 무엇이 내게 그런 생각을 하도록 만드는 것일까? 이런 보이지 않는 노동이 이성애적 관계에만 있는 것은 아니다. 소프의 묘사에는 엄마 노릇이 부모 노릇과 어떻게 다른지에 대한 가부장적 내러티브를 아주 솔직하게 보여 주는 이성애의 표식들 — "남편"과 "아내" 같은 기호들 — 이 있다. 그렇다, 한 존재를 지니고 있다가 세상에 내놓는 몸에는 뭔가 심오하고 독특한 것이 있다. 확실히 그렇다. 하지만 내가 페미니스트 킬조이로서 문제 삼고 싶은 것은 노동을 비가시적이고 억압적인 것으로 만드는 어머니에 대한 특정 내러티브다. 페미니스트 킬조이로서 나를 옆집 엄마라고 부르지만 내 파트너를 옆집 아빠라고는 부르지 않는 그 내러티브에 이름을 붙이는 동시에 거부하겠다. 우리(우리 모두)가 사실상 경멸적이고, 따분하고,

지루하고, 보이지 않고, 비천하고, 참을성 있는 존재로서의
어머니를 거부한다면, 어머니는 어떤 모습으로 보일까?

*

넬슨은 『아르고 호 이야기』 부분에서 자신의 삶, 자신의 욕망,
자신의 동성 가족을 명명할 언어를 찾아내면서 일종의 부정
변증법을 이용한다. "그것"이 출생, 양육, 섹스, 가족 만들기,
퀴어함, 일, 글쓰기 등 정서적이고 물질적인 힘들의 조합인 곳에서
그것을 분명하게 정의하기보다는, 비평 이론에 기대어 그것이 아닌
것을 말하고자 한다. 라캉의 실재/상징계는 아니다. 프로이트의
화려한 오이디푸스 콤플렉스도 아니다. 랑시에르의 사건도 아니다.
지젝의 일상적 위기도 아니다. 토템도 아니다. 금기도 아니다.
이성애 규범성도 아니다. 특권이 없지는 않지만, 특권조차 고통을
완전히 물리칠 수는 없다는 인식이 있다. 유일무이하지 않다.
정적이지 않다. 이름 붙일 수 없다. 하나의 기술어나 대명사에
한정되지 않는다.

그러나 추락이 사라지는 것이 아니라, 내 존재를 부정하는 구조의
골조가 느슨해지는 것이라면? 그 골조에서 우리는 예기치 않은
다른 모습으로, 처음으로 일어선 수망아지의 불안정하고 경이로운
약속으로 우리의 새로운 자아를 덜덜 떨면서 드러낼 수도 있다.
그리고 인간관계의 계약들이 갱신되기를 바랐으나 우리에게
호의적이지 않다면? 위대하고 생성적인 것이 아니라 관습에
매여 있다면? 다시 말해서, 대답들이 특별하지 않다면? 유일하지
않다면? 혹은 그것들이 의미 있고 전망을 바꿀 사건들이고 우리가

그렇게 되도록 둔다면? 다시 말해서, 우리가 가족으로 살아가는 방식의 모순과 진화가 바로 그런 것, 끝없이 진화하는 역동적인 궤적이라면? 나는 아무리 짧더라도 넬슨이 착륙한 곳이 거기라고 생각한다. 나는 거기에 더 오래 머물고 싶다. 어떤 사람이어야 하는가, 무엇이 가족을 만드는가, 좋은 "어머니"란 무엇인가와 같은 질문들에 대한 대답은 유일하지도 않고 고정되어 있지도 않다. 엄마 노릇에 대한 주류 담론이 다양성에서부터 시작된다면?

그리고 추락이 단지 너무 무거운 단어라면? 무엇보다도 사랑으로 비행할 수 있음을 보여 주고 추락을 피한 인물이 앤 카슨이 아니었던가?[78] 나는 그 이미지를 좋아한다. 깡통을 타고 이게 진짜 좋은 생각일까? 의아해하면서 하늘을 가르는 당신과 또 다른 사람. 답을 몰라도 상관없다. 비행이 끝날 때까지는 그 안에 있을 테니까.

*

엄마 노릇은 인간을 넘어서는 어떤 것(자아 바깥)으로 나아간다는 점에서 조금은 비행과 닮은 것 같다. 하지만 우리는 여기에서 인간으로, 같이 타고 있다.

*

그리고 어쩌면 페미니즘은 인파 속을 과감하게 걸어가는 것과 조금은 비슷할지도 모른다.

*

딸아이를 유아차에 태우고 바르셀로나의 람블라 거리를 걸어가면서 이런 생각을 했다. 인파 속을 헤치며 어디로 갈지도 정해 놓지 않았지만 우리 말고는 달리 정할 사람도 없다. 물론 이 이야기는 내가 지어내는 이야기다. 아기야 무슨 생각을 하는지 모르니까. 하지만 나는 우리 둘에 대해 생각하며 걷고 있었다. 유아차를 밀고 가면 세상이 어떻게 달리 보이는지에 대해.

여자들 — 그리고 일부 남자들, 하지만 대개는 여자들 — 은 가끔 눈을 맞춘다. 그들도 역시 유아차를 밀고 있는 경우가 많다. 젊은 여자들은 흠칫 놀라거나 내게서 멀찍이 비켜선다. 그들을 탓하지는 않는다. 딸을 낳기 전까지는 나 또한 아기에게 무관심한 사람이지 않았던가? 다시 추락하다, 그 단어가 나온다. 젊은 남자들이 가장 예의 바른 경우가 많다. 그 사실에 놀란다. 내가 놀란다는 것이 놀랍다.

*

딸을 낳기 전까지는 엄마 노릇에 대해 생각해 보거나 이야기할 언어가 없었다. 여자들끼리의 우정을 위한 언어가 없었던 것과도 비슷하달까. 그게 어떤 의미일까? 그리고 내가 동시에 두 언어를 찾아냈다는 사실에서 어떤 결론을 끌어내야 할까?

나는 사실 거대한 무지의 심연 속에 있었다. 그리고 어머니들에 대한 평가를 놓고 때로는 모순되는 발언과 일화의 모음 속에 있었다. 그리고 이렇게 말할 수 있다. 내가 아는 것에 대해 기껏해야 양가감정을 느낀다. 내가 가장 많은 시간을 보내는 장소인 대학 캠퍼스를 둘러보니 무엇이 없는지 알겠다. 거기에는 아이들이 거의 없다. 파트너나 내가 우리 일정 때문에, 부탁할 가족이 없어서, 일해야 해서, 혹은 아이 돌보미가 없어서 딸을 캠퍼스에 데리고 가면 놀라거나 기뻐하는 표정들도 보이지만 자주는 아니라도 경멸하는 얼굴도 있다. 내 파트너 B는 딸아이가 태어난 지 두 달 후 새로운 계약을 했다. 나는 9월에 수업을 시작해야 했다. 아기가 생후 석 달째였다. B와 나는 종종 영문과 학과장 사무실에서 만났다. 우리가 딸아이의 기저귀 가방과 캐리어를 주고받는 동안 MB가 아기를 안아 주었다. 화요일이면 아기를 캠퍼스로 데려와 자기 아이를 탁아소에 맡기고 박사과정을 마무리하고 있는 C를 만났다. 내가 세 시간짜리 수업을 급하게 준비하고 B는 어마어마하게 많은 수업을 해치울 동안 C는 네댓 시간씩 아기를 돌봐 주었다. 그러니까 딸이 캠퍼스에서 대부분의 시간을 보냈다고 말할 수 있다. 그리고 내가 대학 캠퍼스에서 본 아기는 하나뿐이었다는 말도. 이상하지 않은가?

아니면 이상하지 않을 수도 있다. 이상한 것은 <u>페미니스트</u>와 어머니가 여전히 서로 어색한 관계에 놓여 있다는 것일지도 모른다. 동맹이라기보다는 서로 거슬리는 처지다. 인식을 변화시키는 다양성과 모순. 어머니를 만드는 사건들로서의 다양성과 모순.

넬슨은 아이 양육과 엄마 노릇에 대한 참고 자료들의 아카이브를 훑어 나가지만, 별반 성과를 거두지는 못한다. 아니면 어찌 되었건 여성이 학자로서, 급진주의자로서, 펑크족으로서 일할 동안에도 아이들은 그 자리에 있다.

<u>…일반적으로 말해서, 가장 급진적인 페미니스트나 레즈비언</u>

분리주의자 무리에서조차 항상 주변에 아이들이 있었다(체리 모라가, 오드리 로드, 에이드리언 리치, 캐런 핀리, 푸시 라이엇…얼마든지 목록에 추가할 수 있다.)[79]

나도 내 목록을 만들 수 있다. 하지만 지금 이 순간 내 목표는 페미니스트 엄마 노릇의 이론과 실천 간의 분열을 더 잘 이해하는 것이다. 내 친구 J는 이렇게 말했다. 생각과 행동 사이의 괴리가 있어. 또한 모성성을 전체로서 밀어붙이면서 동시에 모성성의 전체화하는 효과에 관해 쓰려고 하는 건… 나도 모르겠다. 그 문제로 진짜 힘들었어. 그렇다, 바로 그것이다. 나 자신이면서 기묘한 타자가 되는, 말할 수 없지만 강렬한 경험. 엄마 노릇과 아이 돌봄이 여성화된 노동이라는 깨달음(거듭해서 심장을 내리치는 둔한 망치처럼)에 대한 좌절감을 말로 표현하는 것의 어려움. 그것들이 여성화된 노동이라는 사실은 새롭지 않다. 내 마음속에서, 내 몸에서, 도시의 보도와 일터의 복도에서 치르는 힘겨운 전투가 있다는 것도 새롭지 않다. 내가 이것에 관해 쓸 수 있고, 내 작은 기록을 엄마들의 블로그는 말할 것도 없고 시, 이론, 심리학, 사회학적 글의 거대한 아카이브에 추가할 수도 있지만 그러면서도 여전히 내 일부(엄마, 페미니스트)에 기묘하고 불편한 느낌을 갖는 것도 새롭지 않다.

물론 내 친구, 동료, 작가, 유명인 중에는 페미니스트 어머니의 훌륭한 본보기들이 있다. 그리고 당연히 아버지로서 훌륭한 남자들 — 동성애자, 트랜스젠더, 시스젠더 — 도 많이 있다.

하지만 아이 양육에 대한 젠더화된 기대가 다른 척하지는 말기로 하자. 여기에서 내가 말하고자 하는 것은 여성과 여성으로 정의되는 사람들이다. 내가 어떤 처지에서 글을 쓰며 살아가는지 설명하자면, 나는 시스젠더다. 장애가 없는 몸을 갖고 있다. 임신했을 때 의학적으로는 노산이었지만 의료적 도움 없이 임신할 수 있었고, 별 어려움 없이 임신 기간을 보냈다. 나는 백인이고 내 파트너도 백인이다. 내게는 남성 파트너가 있다. 정자는 공짜였고 섹스는 즐거웠다. 요컨대 나는 진짜 특권층의 관점에서 엄마 노릇과 페미니즘에 대해 생각하고 있다.

*

사라 아메드의 "땀이 밴 개념들"은 페미니즘과 엄마 노릇에 대한 내 생각을 뒷받침해 준다. 아메드는 땀이 밴 개념들을 통해 설명하고 탐색하는 일이 어떻게 노동이 되는가를 보여 준다.

개념은 세속적이지만 또한 세상으로의 방향 전환이고 상황을 바꾸는 방법이며, 똑같은 것을 다른 관점에서 보는 것이기도 하다. 더 구체적으로 말하자면 "땀이 밴 개념"은 세상에서 편안하지 않은 몸에 대한 설명에서 나오는 것이다. 여기에서 설명은 관점을 뜻한다. 세상에서 편안하지 않다는 것이 어떤 느낌인지에 대한 설명이거나, 혹은 세상에서 편안하지 않은 관점에서 세상을 설명하는 것이다…. "땀이 밴 개념"을 쓰면, 세상에서 편안하지 않은 몸에 거주하는 어려움을 설명함으로써 새로운 이해를 도모할 수 있을 것이다. 땀은 신체적이다. 격렬한 활동을 할수록 더 많은 땀을 흘린다. "땀이 밴 개념"은 어려운 신체 경험이나 "시도하는"

경험에서, 혹은 이런 어려움을 계속 탐색하고 드러내는 것이 목표인 곳에서 나올 수 있다. 이 말은 글쓰기로부터 노력이나 노동을 제거하지 않겠다는 의미이기도 하다(노력이나 노동을 제거하지 않는 것이 학문적 목표가 될 수 있을지 의심스럽다. 우리의 텍스트를 정리하여 어딘가에서 치른 노고의 흔적을 드러내지 않도록 배웠으니까).[80]

산통을 시작할 때 얼마나 힘들지 미리 대비를 하지 않았다. 쓰고 보니 우습기는 하다. 산고를 겪어 본 사람들은 지금 웃고 있을 것이다. 그럼, 에린, 힘들지. 산고를 겪어 보지 않은 사람들도 역시 웃고 있을 것이다. 그럼, 당연히 힘들겠지. 그렇다고 전혀 몰랐던 것은 아니다. 산통에 대해서 읽었고(나는 그러지 않았지만 아는 사람 중에는 유튜브에서 동영상을 본 사람들도 있다) 나도 진통에 대해 읽어 보았다. 사실 어디선가 담낭의 통증이 산고보다 더 심하다는 글을 읽고 솔직히 자신감이 생기기도 했다. 나는 만성적인 통증을 겪은 끝에 담낭을 떼어 냈다. 그러니 나야말로 어떤 통증도 무섭지 않다고 할 만하지 않은가?

그렇지는 않았다.

산통이 얼마나 지독했던지 미리 계획했던 일이 죄다 쓸모없게 되었다. (좋다, 전부 다는 아니다. 내 출산 계획은 살아서 무사히 아기를 낳는 것이었으니까. 파트너와 나는 수중 분만을 비웃었다 — 그럴 만도 했다. 지저분한 욕조에서 찍은 가족사진은 진짜 우스웠다 — 그런데 내가 몇 시간을 훌쩍거리면서 보낸 곳이 어디였겠는가? 그렇지. 욕조다. 아, 얼래니스 모리셋 스타일의 아이러니다⋯) 나는 신음했다. 몸을 덜덜 떨었다. 신경 쓰일 줄 알았던 일들이 손톱만큼도 신경 쓰이지 않았다(예를 들면 수많은 사람이 내 몸을 쿡쿡 쑤셔 대는 것이라든지). 내 파트너와 간호사, 산파에게 한꺼번에 도히기도 했다. 그들은 서로 나란히 서 있지도 않았다. 그러니까 산통과 고통의 개념에 대한 내 이해는 24시간 만에 완전히 바뀌어 버렸다.

개념은 세속적이지만⋯ 세상에 대한 방향 전환이기도 하다는 생각이 마음에 든다. 땀이 밴 개념은 "어머니가 되는 것"에 대한 이해를 내가 이미 스스로 이해한 식에 맞춘다. 세상에 대한 실제 방향 전환은 익숙하면서도 낯설다. 어머니/타인이라는 단어에 포스트모던식으로 빗금을 친 사람이 누구일까? 쥘리아 크리스테바였던 것 같다.[81] 그녀는 우리가 개인적인 자아가 되어 가는 과정에서 우리 자신의 정체성을 구성하기 위해 어머니를 버려야만 한다고 주장한 사람이다. 어머니/타인 — 다른 정도가 아니다. 언캐니하다. 익숙하고도 낯설다. 우리가 원하는 것과 원한다면 어리석다고 여기는 것. 우리가 뒤뚱거리는 두 발로 서서 어른이 되고 싶다고 생각할 때, 우리를 어린아이로 만드는 사람.

그러나 내 신체적 경험이 아니라 학문적 수련이 작용한다. 내 삶의 경험조차도 아니다. 하지만 이 모든 것이 서로 맞선다. 그리고 그 한가운데 내가 누구인지를 알아내려 하는 내가 있다. 내 몸과 몸의 거대한 변화 한복판에. 땀 흘리며 생각하고, 땀이 밴 개념과 씨름하는 한가운데, 그것이 나다.

*

엄마가 되는 것에 대해 쓰기는 어려운데 강간 문화에 대해 쓰기는 왜 그리 쉬울까? 아니, 쉽다기보다는 반드시 해야 했다. 강간 문화에 대해 쓸 때는 멈출 수가 없다. 하지만 페미니즘과 엄마 노릇에 대해 글을 쓸 생각을 하면 벽에 부딪힌 기분이 든다. 경험이 부족하다는 느낌이 들지만, 그것이 어떤 의미일까? 내게는 어머니가 있다. 나는 어머니들을 안다. 하지만 엄마 노릇에 대해서는 거의 이야기하지 않는다.

*

이 아이를 어떻게 사랑하는지 잠깐이라도 말했던가? 나는 이 아장아장 걸으며 노래를 부르고, 개를 사랑하는 어린 것을 아주 깊이, 완전히, 예상치 못했을 만큼 사랑한다.

*

다시, 엄마 노릇이 비행과 조금은 비슷할지도 모른다고 생각한다. 나는 말하기 힘든 것들을 말하도록 스스로를 가르쳤다. 이번만큼은 엄마 노릇이 그런 것들 속으로 비행하는 것이다. 그리고 비행기는 면과 쇠로 되어 있다. 이상하면서도 이상하지 않다. 편안하면서 편안하지 않다. 거기에서 무엇이 나올까?

*

딸을 낳기 전, 아직 임신 초기라 실감이 잘 안 나던 때에 사람들이 내게 조언해 주기 시작했다. 내 파트너도 조언을 받았지만 같은 종류는 아니었고 늘 같은 사람들로부터 받지도 않았다. 그가 받은

조언은 우리의 관계가 어떻게 근본적으로 바뀌게 될지에 관한
내용이 많았다. 내가 받은 조언은 세 가지 중 하나였는데, "이제
너도 곧 엄마가 될 테니 우리와 비밀을 공유할 수 있겠구나" 캠프,
"이제 너도 곧 엄마가 될 테니 네 인생은 끝났다는 걸 알아야
해" 캠프, "모성의 아름다움은 충분한 가치가 있어, 너는 여신-
순교자야" 캠프였다.

'비밀' 캠프의 조언자들은 마치 고등학교에서 쪽지를 돌리듯이
조언을 주었다. 거기 적힌 것이 모든 것을 바꿀 거라고 확신에 차서
은밀하게 건네주는 식이었다. 그리고 과연 그랬다. 그들의 조언은
이런 것이었다. 모유 수유를 한다면 구부릴 수 있는 빨대를 구해
봐. 목이 마를 텐데 잠든 아기를 네 몸에서 치우기 힘들 거거든.
혹은 모유 수유가 보통 일이 아니니 각오해. 혹은 특대형 패드를
물에 적셔서 얼려 봐. 진짜로, 그냥 일단 내 말대로 해. 나는 이런
비밀들을 잘 정리해 두었다가 꽤 많이 써먹었다. 아기를 낳고
나서 몸과 마음이 다 힘들었던 때에 이런 정보들을 닥치는 대로
빨아들였다. 가끔은 전혀 기대하지 않았던 사람들한테서 정보를
얻기도 했다. 직장 동료로만 알고 있던 이들이 긴 이메일을 보내
주었다. 간단히 안부 인사만 하고 지내던 지인들이 산후통을
완화하는 법에 대한 경험을 나눠 주기도 했다. 가까운 친구가 서로
알게 된 지 얼마 안 되었을 때 저녁 식사에서 아기를 낳고 나서
가장 무서웠던 것이 다시 똥을 눠야 한다는 것이었다고 말해서
백배 공감한 적도 있다. 정말로, 왜 아무도 내게 이런 공중위생에
관한 얘기를 해 주지 않았단 말인가?

'인생이 끝났다' 캠프 사람들은 덜 섬세했다. 그들은 내 파트너와 내게(보통 동시에는 아니었다) 그렇게 선언했다. 나는 불감증이 되고 파트너는 좌절하게 될 것이다. 혹은 우리가 잠을 자지도 먹지도 다시 대화하지도 못하게 될 것이다. 이제는 다섯 시에 저녁을 먹고 일곱 시에는 잠자리에 들어야 하니 좋은 시절은 다 끝났다. 혹은 다시는 예전 몸으로 돌아가지 못할 것이고, 이제 늙고 살이 처지기 시작할 것이다. 보기 흉해도 어쩔 수 없다. 대개는 여자들이 충고를 가장한 이런 선언들을 내게 해 주었고, 파트너에게 얘기해 주는 사람들은 대개 남자였다. 나는 '인생이 끝났다' 캠프 사람들을 피하고 그들의 충고에 귀를 막으려 하면서도 동시에 이런 정보를 받아들이려 했다. 그런 정보 중 상당 부분은 내가 잘 알고 신뢰하는 사람들에게서 나왔으니까.

'여신-순교자' 캠프 사람들은 뜻은 좋았다. 모두가 자기 나름대로는 선의에서 그랬겠지만, 여신-순교자들은 진짜로 그랬다. 그들은 — 다시, 남자와 여자들 — 내게 힘든 시절 얘기를 해 준 다음 내 아이가 될 아름다운 기적을 상기시켜 주었다. 아기가 마치 엄마가 되기 전 내 자아의 환유라는 듯이. 네 몸이 마음에 안 든다고? 네가 만들어 낸 아기를 보렴! 네 관심사에서 멀어진 기분이 든다고? 네가 만들어 낸 아기를 봐! 고립된 기분/좌절감/ 피로감/외로움으로 어찌할 바를 모르겠다고? 네가 만들어 낸 아기를 보고 아기 앞에 절을 해야지! 이 캠프 사람들이 나를 위해 내놓는 결론은, 내가 느끼는 어떤 감정도 탄생의 기적에는 비할

바가 아니라는 것이었다. 그렇지만 길고 힘든 하루를 보낸 끝에 파트너가 내 앞에 아기를 내밀며 얼마나 멋지냐고 말할 때면 하나의 기적이 다른 것을 이긴다는 사실을 받아들일 수가 없다. 내 자아 의식을 딸의 존재와 맞바꿔야 한다고? 나는 그런 내러티브는 사지 않겠다. 살 수가 없다.

*

이런 이야기를 읽으며 고개를 젓고 있는지? 나 역시 그렇다. 선의로 충고해 주는 이 사람들의 이야기는 너무 뻔하다. 게다가 누가 그런 충고를 하나라도 비판 없이 받아들이겠는가?

흠, 그런데 실은 바로 내가 그랬다. 특히 '인생이 끝났다' 캠프의 충고가 그랬다. 왜 그럴까를 곰곰 생각해 본 끝에, 이런 내러티브들이 성격과 내용상 매우 가부장적이라는 것을 깨달았다. 이런 말들은 양육 노동의 여성화를 고수한다. 아이가 분열을 일으킨다는 내러티브에 집착한다.

급진적 페미니즘이 가사노동의 젠더화된 성격에 대한 의식을 높이는 등 많은 진보를 이루었지만, 엄마 노릇의 중요한 내러티브에는 죄의식, 수치심, 고립, 외로움 같은 키워드들이 포함된다. 왜 그럴까를 설명할 단어들을 찾아보았지만 찾을 수가 없었다. 혹은 내 친구 S의 말처럼 그런 얘기를 할 방법을 찾을 수가 없었다. 그래서 내가 종종 하던 대로 했다. 인터넷에 질문했던 것이다. 페미니스트이면서 엄마가 되는 것에 대해 쓰기가 왜 그렇게 힘들까? 역시 어머니인 내 친구 중 몇몇이 이런 대답을 해 주었다.

J: 네가 미래에도 항상 페미니즘이 필요할 거로 생각하니까.

그러면 다른 J가 보낸 이 대답은 기억나는가? 그녀는 이렇게
썼다. 생각과 행동 사이의 괴리가 있어. 또한 모성성을 전체로서
밀어붙이면서 동시에 모성성의 전체화하는 효과에 관해 쓰려고
하는 건⋯ 나도 모르겠다. 그 문제로 진짜 힘들었어.

N: 긍정적으로 마음먹기가 쉽지 않은데도 너는 그렇게 되고
싶어 하니까 그렇지(하여간 네 아이가 네가 쓴 글을 읽을지도
모르니까). 또 네가 직면한 어려움이 너무 개인적이라서 파트너와
아기를 배신하는 것같이 느껴지고. 너무 힘들어서 불평하고 싶은데
그게 모순적이란 말이야. 고립되어 있으면서 특권을 누리고 있다는
생각도 들고, 좌절감과 감사한 마음이 동시에 드는 거지.

다시 N: 엄마 노릇은 매 순간 계속 다시 쓰여. 우리가 유한한
인간이고 함께하는 어린 시절도 한정되어 있다는 것을
고통스럽지만 인정하게 되지. 엄마와 아이의 친밀한 관계도 짧단
말이야. 네가 지금 맺은 깊은 유대 관계만 기억에 남게 될 거야.
글을 쓸 때는 논쟁에 자신을 여는데, 다들 엄마들한테 문을 여는 건
위험하고 어리석은 짓이라고 말하잖아 — (내가 존경하는 사람이
나를 나쁜 엄마라고 생각하면 어떡하지!)

T: 이 세상에서 페미니스트로 살아가기가 쉽지 않으니까 그렇지. 그보다 더 힘든 건 페미니스트가 아닌 채로 살아가는 것 하나뿐이야.

K: 한 가지 더. 우리가 아이들에게 가진 엄청난 힘 때문이지. 온갖 압력을 받으면서 매일같이 그 힘을 제대로 주의해서 쓰지 못하고 있다는 느낌. 정말 괴롭다니까. 그 얘기는 아무한테도 쓰기 싫고, 말하기도 싫어. 그래서 골치 아픈 비밀이 된다고. 그런 얘기를 쓰거나 말하려 하면 이상화된 희생적인 모성에 관한 얘기가 되어 버리든가, 엄마들에 대한 감시라든지, 아니면 여성으로서 확신을 가지려는 노력에 관한 이야기가 되어 버리거든.

S: 어머니들은 사람일 수가 없거든. 사람이라면 아이들을 해칠 거야. 아기들을 생각해!

다른 K: 미안함과 죄의식 때문에?

하고 싶은 좋은 말이 너무 많은 N: 전 세계의 여자들이 나보다 더 열심히 하고 있으니까. 목표치가 너무 높으니까. 내가 아들을 위해 할 만큼 하고 있나 의구심이 드니까. 아이를 원하지 않는 많은 여자가 독립했다는 대가로 결국은 늙은 부모와 다른 가족을 떠맡게 되니까. 우리는 그들의 삶도 쉽지 않다는 것을 잘 모르거든. 보코하람이 있으니까. 우리 아들이나 형제나 아버지가 최악의 남자라 해도 관계를 끊지 못하니까. 페미니즘이 인종과 계급으로 복잡하니까. 앨리스 워커가 딸한테 미움받으니까. 페미니즘이 우리 아기들을 위한 보호막, 만병통치약이 아니라 하나의 입장이고 존재 방식이니까.

이 말이 내게 와 닿았다. 페미니스트와 어머니 둘 다 서로에게 심하게 굴 수 있으니까. 모두에게 너무나 중요한 것들을 놓고 싸우는 것은 특별한 종류의 끔찍한 고통이다.

*

나에서 엄마인 나로의 이런 기묘한 변화 중 힘든 부분은 여자들이 나를 대하는 방식의 변화다.

*

이 기묘한 변화에서 더 힘든 부분은 내가 다른 엄마들을 어떻게 대했을까 궁금해진다는 데 있다.

*

나 자신의 페미니즘이 나에게로 되돌아온다는 것을 따져 볼 필요가 있다. 내 기분을 이론화하면서 친절하고 너그러운가? 아니면 나를 호명했던 가부장 문화의 규범과 아주 흡사한 자책에 빠지는가?

"A" 줄에서 약간, "B" 줄에서 약간, 그러니 나를 도와줘. 좋아, "B"에서 자주 많이.

*

아기를 낳을 수 있는(그리고 낳는) 몸을 가지고 있고, 일을 한다는 것. 이 두 가지가 부모 노릇에 대한 문화적 이해에서 엄마 노릇의 문화적 내러티브를 분리하는 것 같다. 가장 명백한 것은 몸을 둘러싼 이야기다. 아이를 기르는 몸이 아이를 낳기 전, 낳을 동안, 낳은 후 어떤지가 많은 심리적, 담론적 공간을 차지한다. 의료 전문가들은 이에 대해 의견을 낸다. 잡지들도 한마디씩 한다. 낯선 사람들도 거든다. 물론 남성의 몸을 둘러싼 문화적 담론들도 있지만 다른 식으로 살펴본다.

리어나도 디캐프리오가 남자는 나이를 먹더라도 인기 있고 멋지다는 것을 다시 어떻게 강조했는지 기억하는가? 아빠의 몸은 나쁜 것이 아니다. 반면에 펑퍼짐한 아줌마 청바지라고 들어는 봤나?

하지만 일은 또 어떤가. 일과 엄마 노릇은 조화를 이루기가 훨씬 더 힘든 것 같다. 일할 시간을 찾아낼 수 있다거나 일하지 않아도 괜찮다 해도(마치 육아는 일이 아니라는 듯이…) 마찬가지다. 소프가 이야기한 대로 노동이 보이지 않게 되고, 엄마 노릇만이 중요한 것으로 남게 되는 것 같다.

올해 봄에 출산 예정일이 가까워질수록 친구와 동료 들은 다정한 조언을 주었다. 몸이나 자아나 관계에 관한 충고만이 아니었다. 이번에는 내 일에 관한 충고였다. 사람들은 좀 쉬라고 했다. 너무 많은 부담을 지면 안 된다는 것이었다. 블로그도, 캐나다여성문학위원회 위원장 일도 쉬어야 한다. 글도 쓰지 말고 그 외에도 뭐든 많이 해서는 안 된다. 가족이 되는 법을 배우는 데 집중해야 한다. 그래서 우리는 그렇게 했다. 파트너와 나는 여름 몇 달을 아기와 함께 보냈다. 힘든 날도 있고 그럭저럭 괜찮은 날도 있었다. 처음 몇 주는 현실 같지 않았다 — 하루는 긴데 한 주는 눈 깜짝할 새 지나갔다. 그리고 나는 앉아서 아기에게 젖 먹이는 법을 익히느라 많은 시간을 보냈다. 소설을 많이 읽었다. 넷플릭스를 보았다. 많이. 허공을 멍하니 바라보았다.

비판적인 사고를 하는 데에는 전혀 시간을 쓰지 않았다.

*

그것이 무슨 의미일까?

*

나는 나였지만 내가 아니었다는 뜻이다.

그리 놀랄 일이 아닐지도 모르지만, 내게는 그랬다. 호르몬의 작용이 내 머리가 돌아가는 데 진짜로 영향을 미칠 줄은 몰랐다. 영향을 주는 정도가 아니었다. 대개는 그것은 그리 큰일이 아니었다. 비판적인 사고를 못 해서 좀 아쉽기는 했지만 별일은 아니었다. 처음에는 그랬다. 하지만 결국 우리 가정생활이 제 리듬을 찾기 시작하면서, 몸이 회복되고 딸아이가 갓난아기 상태를 벗어나면서, 가을이 다가오면서, 무엇이 나를 다시 활기차고 신중한 비판적 사고로 돌려놓을 것인지 생각하기 시작했다. 무엇이든 가능할까? 아무것도 그렇게 하지 못할까?

결국 막판에 펑크 난 수업을 급히 맡게 되면서 예상했던 것보다 더 빨리 그 공간으로 되돌아가게 되었다. 그리고 첫 주 수업 후, 우리 가족이 수업과 육아를 돌아가며 했던 첫 주가 끝난 후 갑자기 이틀 반의 "비판적 사고"를 위해 비행기를 타고 위니펙에서 열리는 학회에 가게 되었다.

우리는 미리 계획을 세워 두었다. 논문 제안서를 제출할 당시 임신 중이었다. 날짜가 다가오면서 아이를 가진 새로운 가족으로서 내 여행이 우리 둘에게 어떤 의미일지 다시 생각해 봐야 할 것 같았다. 결국 우리는 더 힘겨운 도전이 되더라도 해 볼 가치가 있다고 결론 내렸다. 무엇보다도 이것이 새로운 표준이 되지 않겠는가? 그리고 나는 여전히 글을 쓰고 생각하고 싶지 않은가? 당연히 그렇게 할 것이다.

그리하여 목요일 첫 주 수업을 마친 후 비행기를 타고 서쪽으로 날아갔다. 파트너와 아기에게 작별 인사를 하고 비행기에 올랐다. 유축기와 이론서, 노트북 컴퓨터를 챙겼다. 그리고 비행기를 탔다.

내가 울었다고 말해 주고 싶다. 한편으로는 울지 않았다고 말해 주고 싶다. 이틀 반을 온전히 나 자신에게 쓸 수 있어서 너무나 기뻤다고. 진실은 그 어느 쪽도 아니다. 혹은 그보다는 무엇을 해도 모유 수유에 가려져서 온전히 걱정할 수도, 기뻐할 수도 없었다. 나는 그저 생각하고, 듣고, 메모하다가 세션이 끝나자마자 화장실로 달려가 유축을 했다.

기묘한 일이었다.

하지만 하던 애기를 계속해 보겠다.

새벽 한 시에 위니펙에 도착해 택시를 타고 숙소로 간 후 잠을
설쳤다. 몇 시간 후 아침 아홉 시에 로런 벌랜트의 기조연설을
들으러 학회장으로 갔다.

아, 이것이 정동에 관한 학회였다고 말했던가?

자리에 앉아 분열의 시학을 이론화한 벌랜트의 강연을 들으면서,
그녀가 내 몸을 통해 말하는 것처럼 느꼈다. 그녀는 분열이 우리가
매일 겪는 일이라고 말했다. 벌랜트에 따르면 가르치는 것은
분열적인 행동의 경험이다. 우리는 강의를 하면서 다음 동작을
생각하고, 문자를 보내는 학생과 막 입을 열려는 듯한 학생을 보고,
동시에 심장이 뛰는 것을 느끼고 데오도란트가 다 날아갔을까 봐
걱정한다.

그 순간 진짜로 무슨 말인지 다 이해했다. 가슴으로 그녀가
하는 말을 알아들었다는 뜻이다. 집에 돌아가서도 모유 수유를
계속하려고 화장실에 앉아 모유를 짜내면서, 비판적 사고에서
"단절"되었다고 여겼지만 실은 비판적 사고와 새로운 관계로
이동하는 것이었음을 깨달았다. 산후의 젠더화된 몸으로 비판적
사고를 통해 움직인다는 것은 이전과 전혀 다른 협상과 정동을

의미한다. 예전보다 시간을 훨씬 더 조각조각 쪼개어 쓰게
된대도 상관없다. 내 말은 정동과 시학 — 구조와 감정과 감정의
구조 — 에 대해 글을 쓰는 사람으로서, 내 젠더화된 몸이 훨씬 더
피할 수 없는 것이 되었다는 뜻이다. 아마도 반드시 필요할 것이다.

사라 아메드는 취약함과 연약함을 페미니즘 작업이 일어나는
장소라고 썼다.

그토록 많은 연구 프로젝트에서, 결국은 자기가 설명하고 있는
것을 행동으로 옮긴다. 우리 연약함의 뒤엉킨 가느다란 실. 쉽게
끊어지는.

연약함: 쉽게 깨어질 수 있는 성질.[82]

화장실 칸에 앉아 조용히 모유를 유축기로 짜내어 버리면서 방금
들은 발표들을 생각하다 보니 내가 "개인적인 것"과 "전문적인
것"을 애써 나눠 놓으려 했다는 것을 깨달았다. 그런 가짜 이분법은
불필요했다. 나는 중요한 것을 놓치고 있었다. 연약함에 대한 이런
새로운 경험은 비판적 사고가 일어나는 중요한 순간들을 제공한다.
인식을 바꾸어 놓는 사건들이다.

연약함은 중요한 페미니즘 작업이 일어나는 장소다. 연약함과 땀.
엄마 노릇과 페미니즘이 서로 부대끼다가 마침내 공존하게 되는
중요한 장소들.

*

오늘 아침 주방에 서서 커피를 만들고 있었다. 아기는 주방
건너편에서 창 너머로 마당에 있는 개를 보고 있었다. 엄마! 아기가
작고 새된 목소리로 외쳤다. 엄마! 나는 아기를 돌아보았다. 아기가
통통한 두 발로 서 있었다. 아기가 내 쪽으로 한 걸음 떼어 놓았다.
우와 우와 우와! 내가 손뼉을 쳤다. 세상에, 작은 거위야! 그러자
아기는 발끝으로 서서 웃음을 터뜨리며 제 묘기에 손뼉을 쳤다.
엄마! 엄마! 아기는 손뼉을 치며 웃다가 넘어졌다. 엄마. 그게 바로
나다.

아기를 일으켜 안아 준다.

엄마! 아기가 외친다.

그래, 우리 아기, 엄마야! 내가 대답한다.

그래, 그게 나야.

후기:
때로는 거부가 페미니즘적인 행동이다

거부. 부정적인 암시를 띨 수도 있는 단어. 또한 혁명적인 잠재력을 지닌 단어. 적어도 내게는 항상 레푸스 글로발(Refus Global)을 떠올리게 만드는 단어. 레푸스 글로발(영어로 옮기면 "완전한 거절")은 1948년 퀘벡에서 열여섯 명의 젊은이들이 작성하고 서명한 선언문이다. 그 당시 퀘벡에서는 뒤플레시스 정부의 억압적인 공공 정책이 개인의 삶을 통제했다(이는 가톨릭교회의 적극적인 지원을 받았다). 레푸스 글로발이 작성된 시대를 지금은 "거대한 어둠(Grande Noirceur)"으로 부른다. 여성이나 노동 권리 활동가가 되기에 좋을 때는 아니었다. 이 문서에 서명한 열여섯 명 중 일곱 명이 여성이었다는 점이 중요하다. 이 여성 중 한 명이 프랑수아 설리번이었다. 마음속에 설리번의 모습을 그려 본다. 그녀는 야성적이면서도 우아하게 춤을 추고 있다. 한겨울에 눈

내린 바깥에서 춤을 춘다. 그 춤, 〈눈 속의 춤〉(1947)은 계절에 대한 탐색이었다. 캐나다 미술사에서 가장 중요한 순간의 하나로 남아 있다. 잘은 모르지만 설리번의 춤은 그 자체로 레푸스 글로발의 탄생을 알리는 전조가 되었다고 생각하고 싶다. 역사는 그 문서의 여성들을 남성들만큼 기억하지 않지만, 우리는 기억하도록 하자. 그 여자들은 급진적이고 혁명적이며 자유를 위한 변화를 요청하는 공적 문서에 서명했다.[83] 그들은 거부를 다른 가능한 세계들을 상상하는 수단으로 놓는 문서에 서명했다. 억압적인 체제의 거절로서의 거부. 더 나은 미래들을 위한 희망의 행동으로서의 거부. 페미니스트 킬조이 행위로서의 거부.

*

때로는 거부가 페미니즘적인 행동이다. 페미니스트 킬조이는 가부장적 문화의 소위 즐거움을 불러낼 뿐 아니라 때로는 거부해야 한다.

*

이 책을 마무리하고 있을 때 사라 아메드가 골드스미스에서 사임했다. 그녀는 캠퍼스에서 벌어진 조직적인 성희롱에 대학이 제대로 대응하지 못했기 때문에 사임한다고 밝혔다. 그녀의 학생들은 연대의 뜻을 표하는 서한을 발표했다. 이는 의미 있고 엄청난 행동이다. 대학들이 종신직 교수를 더는 고용하지 않고, 퇴직해도 더 충원하지 않고 있어서 종신직을 얻기는 하늘의 별 따기다. 종신직을 포기한다는 것은 급여를 보장해 주는 시스템 속의 안정은 물론이고, 훈련받아 온 일을 할 수 있는 능력까지 포기한다는 뜻이다. 여성, 유색인종 여성, 유색인종, 장애인 들은 영어를 사용하는 백인 이성애자 남성보다 종신직을 얻을 확률이 낮다. 종신직을 포기한다는 것은 자기 자리를 포기한다는 뜻이다. 시스템 속의 자리를 포기한다는 것이다. 거부로서의 사임은 시스템이 망가졌으며, 자신에게 강요되는 거짓말이나 아닌 척하기 위해 지켜야 하는 침묵에 동조하지 않겠다고 말하는 행동이다.

아메드는 자신의 사임을 설명하면서 거부를 "페미니즘적 절단"의 지점에 이르는 것으로 표현한다.

나는 더는 참으라는 요구를 받아들일 수가 없다. 우리는 하는 일에 지원을 받지 못하고, 높은 벽에 직면해 있다. 나는 물질적 자원과 안정을 갖춘 덕에 사임할 수 있었다. 그러나 여전히 위험을 무릅쓰는 기분이었다. 일을 그만두거나 어느 조직을 떠나는 정도가 아니라 삶, 학문적 삶 자체를 떠나는 기분이었다. 내가 사랑했던 삶이고, 익숙한 삶이었다. 그러나 떠나는 행위는 페미니즘적 절단의 형식이었다. 더는 받아들일 수 없는 순간, 우리를 어디에도 닿지 못하게 막고 뚫고 나가지도 못하게 하는 무관심의 벽이 있었다. 일단 유대가 끊어지자 내가 이미 부서진 것에 매달리려 애쓰고 있었음을 깨달았다… 끊어냄으로써 말하는 것이다. 나는 참을 수 없는 세상, 참아야 한다고 생각지 않는 세상을 재생산하지 않겠다고.[84]

페미니즘적 절단 ─ 킬조이의 거부의 순간. 파열하는 지점. 압제적이고 억압적인 시스템에서 떨어져 나오는 지점.

*

이런 순간은 조용할 때도 있고 그렇지 않을 때도 있다. 어떤
면에서는 거의 항상 공적이다. 유대로서의 거부. 킬조이의
실천으로서의 거부. 희망차고 세상을 만드는 몸짓으로서의 거부.

*

이 후기는 우리를 시작한 곳으로 다시 데려다준다. 가부장적
문화의 소위 즐거움을 거부하려는 시도로. 그러나 차이가 있다.
차이를 지닌 반복이다. 이것은 후렴, 영원회귀, 인식을 바꾸는
사건이다.

이 쪽지들을 끝맺으면서, 대학이라는 배경에서 페미니스트
킬조이/친구/어머니/가끔은 교사로 이어지는 실들이 땀에
절고 힘겨운 내 신체 노동을 통해 세계에서 내 관계적 책임들을
이해하는 방식을 어떻게 변화시켰는지 보여 주고 싶다.

*

그 실들을 날개를 펼치고 날아가는 새들로 생각해 보라.

*

날아가는 선들로 생각해 보라.

*

몇 년 전 캐나다학 수업을 하던 때였다. "캐나다의 사상"이라는
이름의 수업이었다.

단 하나의 "사상"이 있을 수도 있다는 생각이 나를 괴롭혔다. 나는
학생들에게 내가 그들보다 많이 가지고 있는 특권을 무너뜨리고

이렇게 말했다.

여러분 중에서 강의실 앞에 선 저를 보고 흠칫하고 놀랄 사람이 몇 명이나 있을까요? 학생들에게 이렇게 물었다. 몇 명이 주저하며 손을 들었다. 제가 백인이라서요? 내가 물었다.

아뇨.

저의 젠더 때문인가요? 시스젠더 여성으로 보이고 말하고 행동한다는 것 때문에?

아뇨.

제 북아메리카 출신 억양 때문인가요?

아뇨. 내가 "여러분 모두"라는 말을 할 때만 미국 남부 시골에서 어린 시절에 십 년 넘게 살았던 흔적이 드러난다.

제 문신 때문에?

예, 하하 ― 조그맣게 킬킬대는 웃음소리.

우리가 이런 것에서 무엇을 끌어낼 수 있을까요? 학생들에게 물었다. 제가 백인이고 이성애자이며 사투리 억양이 없는 영어를 쓰기 때문에 비교적 이 강의실 앞에 설 자격이 있는 존재가 된다는 것?

예.

예, 학생들은 동의했다.

예, 거기에는 뭔가 있긴 해요.

좋아요, 내 몸에 각인된 이런 가정들을 분석해 봅시다. 권력에 대해 생각해 봅시다. 이 땅과 캐나다라 불리는 사상들의 맥락에서 해 봅시다.

우리는 가을 내내 "그것"이 무엇을 의미할 수 있는가를 복수성 — 땅, 이야기, 내러티브, 국가, 역사, 대립, 유대 — 을 통해 분석했다. 큰 원형극장에서 하는 수업 중 하나였다. 앞에서 강의하는 쪽에서는 방 안의 모든 사람을 볼 수 있지만, 자리에 앉은 사람은 익명이 된 기분이 드는 곳이었다.

학생들이 모두 관심을 보였다고 말하고 싶지만 그건 거짓말이다. 대신 주로 앞줄의 학생 몇몇이 내게 의지할 만한 척도가 되어 주었다.

강의는 잘 진행되었느냐고? M은 자리에서 몸을 앞으로 내밀고

앉아 있었다. J는 고개를 끄덕이며 메모를 하곤 했다. 필수가
아닌데 듣는 건가 아니면 관심이 없나? B는 실망한 눈치였다.

학기 말에 우리는 온 나라에서 일어나고 있는 모임, 집회,
시위에 관해서 이야기하기 시작했다. 내가 수업한 곳은
달로시대학(노바스코샤주 핼리팩스)의 미크마키 크지푹툭이었다.
내 학생 중에는 원주민이 여럿 있었다. 우리는 어떻게 언론 매체가
이런 집회를 전례가 없었던 일, 난데없이 갑자기 땅에서 불쑥
튀어나온 것처럼 서사화하고 있는가에 관해 이야기했다. 우리는
항의의 이유와 항의하는 집단들에 대해 잘못된 이야기들이 퍼지고
있다고 결론 내렸다. 일반 대중은 절반의 진실, 그릇된 설명,
거짓말을 듣고 있었다.

이런 운동이 지금 우리가 수업을 함께 들으면서 "캐나다"와 국가에
대한 "사상들"을 생각하고 있을 때 일어나다니 참 운이 좋다고
생각했다. 어쩌면 우리를 변화시킬 수 있을지도 모른다. 분명
그것에 대해 가르칠 수 있을 것이다.

학생들도 내가 행운이라 부른 것을 느꼈고, 일부는 다른
학생들보다 더 그랬다(나중에 강의 평가에서 너무 페미니즘에
치우쳤다든지, 원주민 문제에 대한 수업 같지 않았다는 말도
나왔다. 교수가 너무 정치적이라는 평도 있었다). 꼭 내가 한
말 때문은 아닐지라도 뉴스에 관심 있던 학생들은 그들이 보고
있는 에너지를 말로 표현해 보려고 했다. 이 원무는 뭘까요? 저도

정말로 참여할 수 있을까요? 배넉(역주: 오트밀이나 보릿가루를 개서 구운 과자 빵)이 뭔가요? 나는 수업이 끝난 후 조심스럽게 사과하듯 이런 질문을 던지는 이메일들을 받았다. 강의실 앞에 선 백인 선생으로서 내게 사과하는 듯한 투에 다시 생각해 보게 되었다. 나는 내 몸에서 무거움을 느꼈다 ― 내 책임, 그보다는 내 부적합함에 대한 인식이었다.

*

세상에서 나 자신의 몸을 의식하지 않은 적이 있었는지 기억조차 할 수가 없다. 구체적으로 말하자면 내 젠더화된 몸 말이다. 훨씬 더 구체적으로는, 젠더화된 육체를 가진 여성으로서 내 가치가 내가 차지하는 공간과 관계가 있다는 말을 듣거나, 배우거나, 직관적으로 깨우치지 않았던 때가 있었는지 모르겠다.

*

나는 열한 살인가 열두 살 때부터 칼로리를 계산하기 시작했다.

인터넷 이전, 셀카를 보내는 것이 그 나름대로 규제나 해방의 도구가 되기 이전이었다.

내 친구 하나가 휴식 시간에 간식을 먹지 않는 이유를 설명했다. 난 뚱뚱하거든. 친구의 말이었다. 그래서 나는 이렇게 생각했다. 아, 나도 살 걱정을 해야 하는 건가? 내 친구가 나보다 인기가 많았다.

엄마가 음식에 주의하시는 것을 알아차렸다. 엄마는 음식을 한 그릇 이상 드시지 않았고, 아빠 접시의 고기를 맛만 보았으며,

일요일 저녁에는 〈제시카의 추리극장 시즌 3〉를 보면서 간식을 먹지 않으셨다. 엄마한테 왜 그러시냐고 묻자 엄마는 여자라면 몸무게에 신경을 써야 한다고 대답하셨다. 엄마는 내게 음식마다 칼로리가 얼마인지 알려 주는 소책자를 주셨다.

나는 칼로리를 기록하기 시작했다. 1200. 마법의 숫자였다. 나는 학교에서 수학으로 고생하고 있었지만, 수학 실력이 좋아졌다.

*

상황이 어떻게 바뀌고, 어떻게 그대로인지 보면 재미있다.

우리가 딸을 집에 데리고 와서 며칠, 몇 주가 지나고 딸이 젖 먹는 시간을 기록했다. 한밤중에 이 작은 인간을 품에 안고 타자를 했다. 새벽 3:40-4:05, 오른쪽, 새벽 4:20-4:45 왼쪽, 이렇게 스마트폰 메모장에 기록했다.

한 주가 지나서 산파들이 우리 집에 와서 기저귀를 빼고 작은 포대기에 싸서 손저울로 몸무게를 쟀다.

아기는 시장에 내다 놓을 준비를 하는 것처럼 보였다.

8파운드예요. 좋아요. 그들이 말했다.

나는 안심했다. 젖 먹는 시간을 강박적으로 기록하던 일을 그만두었다.

그러던 어느 날, 기록 자체를 아예 다 그만두었다.

*

2012년 가을, '태만은 이제 그만'(Idle No More)(역주: 2012년 12월에 여성 네 명, 즉 최초의 3국 여성과 비국적 동맹국 여성 한 명이 설립한 지속적인 항의 운동) 운동이 전국적으로 세를 얻어 갔다. 학기 말이 가까워지고 내 캐나다학 수업이 끝나 갈 무렵이었다.

어느 날 수업이 끝난 후 연구실에서 채점하던 중 학생이 보낸 이메일을 받았다. M이었다. 그녀는 '태만은 이제 그만' 운동에 대한 언론 발표를 준비하던 중인데 한 번 읽어 봐 달라고 부탁했다. 캠퍼스에 있다고 해서 그녀를 만나러 퍼스트 네이션스(역주: 캐나다 원주민 단체) 학생 조합으로 걸어갔다. M이나 나나 언론 발표 자료를 써 본 적이 없어서, 나는 소셜 미디어에 도움을 청하는 글을 올렸다.

처음으로 응답해 준 사람은 당시 핼리팩스의 신민주당 하원 의원 메건 레슬리였다.

레슬리가 내게 견본과 몇 가지 주의할 점을 보내 주었다.

바로 보내 주었다.

여러분에게 이 말을 해야겠다. 여러분이 알았으면 좋겠다. M도 나도 얼굴 한 번 본 적 없는 메건 레슬리가 바로 답해 주었다.

(이 여성이 자신의 페미니즘 때문에 어떤 모욕을 당했는가에 관해서는 얘기하지 않겠다. 그녀의 관대함에 대해서도 말하지 않겠다. 이 두 가지는 같은 이야기가 아니지만, 페미니즘과 관대함 둘 다 그녀에게는 쉽지 않은 일이다. 그녀는 우리가 요청했기 때문에 즉각 우리를 도와주었다.)

우리는 선언문을 배포했고, 주말쯤 C-45 일괄 법안(일자리와 성장에 관한 법률)에 대한 공개 회의 시리즈 첫 번째 모임을 열었다. 무엇보다도 C-45는 가항 수역 보호법을 점검하고, 퍼스트 네이션스의 토지와 공동체에 영향을 줄 수 있는 개발을 할 때 캐나다가 퍼스트 네이션스와 상의해야 할 의무를 폐지하도록 제안했다.

토지. 신체. 영양.

우리를 만들어 내는 것은 그게 전부가 아닌가?

이것은 근본적인 문제다. 근본을 파고드는 문제.

M의 언니와 또 다른 미크마크족 여성이 도시와 주 전역에서 일어난 집회의 핵심 주동자였다. 애터워피스컷족의 추장인

테레사 스펜스가 오타와로 와서 단식투쟁을 시작하고 전 총리가 만나 주겠다고 할 때까지 기다릴 동안, 그녀는 여기에서 유대의 의미로 단식투쟁을 했다. M의 언니는 집회에서 모든 참석자에게 단식투쟁에 참여해 달라고 부탁했다. 나는 내가 무엇을 할 수 있을지, 그리고 집에서 혼자 조용히 참여하는 투쟁을 한다면 그게 무슨 의미가 있을지 생각해 보았다. 나는 본능적으로 이 투쟁에 내 몸으로 참여해야 의미가 있다고 결론지었다. M에게 나도 함께하겠다고 말했다. 의사당 건물 맞은편에 앉아 총리가 대화에 나서 주기를 기다리는 여성과 연대하는 뜻에서 사흘간 물과 묽은 수프만 먹는 것이다. 그녀의 사람들을 대신해 기다리는 것이다. 오타와, 앨곤퀸 지역에서 기다린다. 굶으며 기다린다. 내 시간 중 사흘이 어떤 의미일까 생각했다. 백인의 특권을 공짜로 가진 나. 자격증을 가진 나. 시스젠더인 나. 너무나 많은 것을 가졌지만 내 학생들의 전통적인 땅인 여기에 뿌리 없이 있는 나. 다른 어디선가(어디?)에서 온 나.

내 학생, 그녀의 언니, 그녀의 공동체, 그녀의 역사에 유대감을 보여 줄 수 있었던 사흘은 무엇일까. 단식했던 사흘은 뭘까. 아무것도 아니다. 사흘은 다른 사람에게 주는 것이지만 또한 아무것도 아니다.

*

내가 "부적합"이라는 말을 왜 썼는지 알겠는가? 내 자기 회의에 관한 이야기가 아니다. 나는 드디어, 아니면 다시 내가 속하지는 않았지만 다른 민족들의 역사가 지닌 무게, 식민지 폭력의 무게를 느끼기 시작했다. 내게는 그 역사를 알아야 할 책임이 있었다.

그리고 내 몸에 이미 배어 있는 폭력의 무게를 느끼기 시작했다. 당신의 학생들은 항상 당신 연구실에서 울면서 자기들의 트라우마에 관해 이야기하고 비밀을 털어놓나요? 아니, 항상 그렇지는 않다. 하지만 그런 일이 자주 있다. 내 남자 동료들은 내게 그런 질문을 하곤 한다.

추장 테레사 스펜스에 대한 뉴스에 달리는 댓글들은 소름 끼치도록 끔찍했다. 무지한 정도가 아니다. 악의로 가득했다. 인종차별주의자에 여성혐오자들이었다. 댓글은 읽지 말아야 한다. 그러나 혼자 인터넷을 하면서 어딘가에서 무슨 일이 일어나고 있는지 알고 싶을 때는 읽어 보기도 한다. 사람들은 스펜스의 몸무게를 두고 댓글을 달았다. 언론 매체들은 그녀의 단식이 진짜인지 의심했다. 칼로리를 따졌다. 그녀가 생선 수프를 마신다는 것을 알고 주류 언론은 추장 스펜서의 단식투쟁을 액상 다이어트로 바꿔 불렀다.

린 심슨이 썼듯이, 식민 정착자인 캐나다는 생선 수프가 전통적인 아니시나베그족의 생존 식단이라는 것을 몰랐다. 식민 폭력의 거듭된 결과로 나온 음식이었다.[85] 사람들을 굶주리게 만드는 방법이야 많이 있다.

*

자신의 공동체를 위해 행동에 나선 원주민 여성에 대한 증오는 논란을 일으킨 정도가 아니었다. 그 증오는 식민주의와 백인 제국주의라는 폭력적인 괴물을 만들어 냈다. 그리고 이 언어폭력 한복판에서 한 여성 — 어머니 — 이 리도 강독에서 굶주리며 기다렸다.

*

딸아이가 태어난 지 이틀 후 집으로 돌아와 샤워했다. 병원에서도 출산 직후 샤워했지만, 기억이 잘 나지 않는다. 파트너에게 내 다리 사이에 묶여 있는 것이 뭐냐고 물었던 기억이 난다. 그것은 스물네 시간의 진통으로 부어오른 나, 내 몸이었다.

서 있기가 힘들었다. 하반신 마취가 다 풀리지 않아 몸이 덜덜 떨렸다. 머리카락에서 토사물을 씻어 내지도 않았다는 것이 기억났다. 그러니 집에 돌아와 처음 한 샤워가 근사할 수밖에.

그리고 무시무시했다. 무시무시하기도 했다. 가슴을 힘겹게 씻어 낸 기억이 생생하다. 내 가슴은 두 배는 커졌고 자주색 임신선이 나 있었다. 배를 간신히 닦으면서 낯선 모습에 움찔하기보다는 스스로에게 잘했어, 내 몸아 라고 큰 소리로 말해 준 기억도 난다.

이런 것이 자랑스럽지는 않아도 말해 두어야 할 진실이다. 잘했어, 내 몸 곳곳을 조심스럽게 씻으면서 이렇게 말해 주었다. 잘했어. 나 자신에게 나 자신에 대해 가르치는 주문이었다.

*

추장 스펜스가 거기에서 기다린 것은 무엇이었을까? 누군가가

인정받기를 기다린다는 것, 자기들의 요구와 자기네 민족의
요구가 진실하고 의미 있는 것으로 인정받기를 기다린다는 것은?
교차하는 이런 이야기와 질문들.

*

동조 단식 이틀째 날, 지금은 사라진 우파 언론사에서 전화가 왔다.
왜 단식을 하는지 말해 달라고요?

그건 단식이 아니지만, 좋아요. 시청자들에게 억압받는 사람들과의
연대에 관해 얘기하겠습니다.

예, 좋아요.

내 학생들보다는 거기 댓글난이 내게 우호적일 거야. 이렇게
생각했다. 내게는 안전지대 밖에서 가르치려 시도할 책임이 있다.

안전지대가 있다니, 근사하군.

*

인터뷰를 하기 전에 토했다. 신경이 날카로워진데다 아무것도 먹지
못해 두통이 심했다.

인터뷰는 예상했던 것보다는 덜 적대적이었다.

왜 단식에 참여하는 것이 중요하다고 생각하십니까? 실체 없는
목소리가 물었다.

내가 대답했다. 제가 단식에 참여한다는 사실이 중요한 게 아니라, 제 학생들이 제가 강의실 밖의 사람들과도 연대하고 있다는 사실을 아는 것이 중요합니다. 그리고 제게 시청자들에게 식민 폭력에 대해 말할 자리를 마련해 주셨으니 단식한 보람이 있지요. 감사합니다.

인터뷰는 거기에서 끝났다.

*

딸아이가 먹을 것을 달라고 울 때면 내 젖꼭지에서 젖이 새어 나온다. 이제 젖이 새고 있지 않은지 확인해 봐야겠다.

젖꼭지가 아프기도 하다. 아무도 내게 아플 거라는 말은 해 주지 않았다. 사실은 아무도 아이를 낳고 나면 심리적으로도 많은 일이 있을 거라는 말도 해 주지 않았다. 그전에는 다 관계에 대한 조언뿐이었지 몸에 관한 얘기는 없었다. 그러다가 갑자기 임신과 출산 경험이 있는 다른 여자들과 숨죽여 대화를 나누며 공모가 이루어졌다.

아무리 가까운 사이일지라도 내 몸에 관한 얘기를 꺼내면 다들 진짜 빨리 지겨워하기 때문에 숨죽여 말한다.

그 정도는 이겨 내야지.

내 눈앞의 표정은 그렇게 말한다 — 아니면 내가 잘못 보았거나.

젖이 새는 몸이나 구멍 난 감정 같은 얘기는 나한테 하지 마. 네
몸과 그 몸이 겪은 우여곡절이며 엄청난 변화에 관한 얘기는
적당히 하라고.

*

요즘 들어 내가 식민 정착자의 후손으로서, 가부장 체제에서 사는
여성으로서 신체적으로 공간을 차지하는 방식이 공간을 이용하고
점유하는 것, 공간에 대한 접근을 규제하고 통제하는 것과도
관계가 있다고 생각하게 되었다.

내 몸이 다른 몸을 규제하는 데 어떻게 공모해 왔는지, 어떻게 자기
감시를 배웠는지에 대해서 생각해 보았다.

처음으로 이 공간에서 내 아이에 대해 생각해 보았다.

어떻게 하면 아이에게 존중받을 가치가 있다고 분명히 알려
주면서 존중에 대해 가르칠 수 있을까?

어떻게 하면 아이에게 자기 몸은 자기의 것이라고 가르칠 수
있을까?

어떻게 호혜성과 친절을 가르칠까?

어떻게 목마른 사람에게 자기 물을 나누어 주도록 가르칠까?

어떻게 목마른 사람에게 자기 물을 나누어 주면 안 된다고 하는
문화를 거부하도록 가르칠까?

*

물. 호수와 강과 시내와 연못으로 이루어진 나라에서 안전하고
깨끗한 물을 마실 권리. 그 권리, 특히 원주민들의 권리를 제한하는
것이 일괄 법안 C-45의 내용 중 일부다.

*

우리는 먼저 바다에 딸을 담갔다. 정확히 말하자면 노섬벌랜드
해협이었다. 나중에 걸 호수에 아기를 담갔다. 아기는 발가벗은 채
작은 몸을 곧게 쪽 뻗고 눈을 깜박이며 우리를 올려다보았다.

*

유대감에서 행동할 때 거부는 페미니즘적 행동이다. 타인의 억압에
맞서 행동할 때 거부는 페미니즘적 행동이다. 가부장 문화의 소위
즐거움을 죽일 때 거부는 페미니즘적 행동이다.

지금 이곳에서 가능할지도 모를 곳으로, 새로운 비행의 선을 만들
때 거부는 페미니즘적 행동이다.

미주

I Shulamith Firestone, *The Dialectic of Sex: The Case for Feminist Revolution* (New York: Morrow, 1970) 90. [슐라미스 파이어스톤, 『성의 변증법』, 꾸리에, 2016]

2 Jason Guriel, "I Don't Care about Your Life," *The Walrus* 14 Apr 2016 <https://thewalrus.ca/i-dont-care-about-your-life/>.

3 Mandy Len Catron, "You Should Care about My Life: The First-Person Pronoun Isn't Trivial, It's Essential," *The Walrus* 20 Apr 2016 <https://thewalrus.ca/you-should-care-about-my-life/>.

4 사실 과장한 것이 아니다. 고백조의 작가들 — 특히 실비아 플라스 — 이 어떤 식으로 어린애 취급을 받았는지에 대한 신랄한 소개인 카리사 라로크Karissa LaRoque의 「거울 이미지로 쉽게 치부당하다*Easily Dismissed as a Mirror Image*」를 보라.

5 Maggie Nelson, "Maggie Nelson's Six Nonfiction Writers," *Vela: Written By Women* n.d. <http://velamag.com/bookmarked-maggie-nelsons-six-nonfiction-writers/>.

6 Ursula LeGuin, "Speech in Acceptance of the National Book Foundation Medal for Distinguished Contribution to American Letters," 19 Nov 2014 <https://www.youtube.com/watch?v=Et9Nf-rsALk>

7 카라 윌리엄스Cara Williams의 캐나다 통계청 보고서를 보라. "Economic Well-being," Dec 2010 <http://www.statcan.gc.ca/pub/89-503-x/2010001/article/11388-eng.pdf>.

8 Arti Patel, "Canada's Gender Pay Gap: Why Canadian Women Still Earn Less Than Men," *The Huffington Post* 8 Mar 2016 <http://www.huffingtonpost.ca/2016/03/08/canada-gender-pay-gap_n_9393924.html>

9 이것은 매기 넬슨의 훌륭한 자전적 이론『아르고 호 이야기*The Argonauts*』(Minneapolis: Graywolf Press, 2015)에서 다나 워드를 인용한 부분이다(p. 86).

10 이 책들은 각각 버지니아 울프, 오드리 로드, 사라 아메드, 린 베타사모사케 심슨, 벨 훅스, 에이드리언 리치, 디온 브랜드가 썼다.

11 Mary Elizabeth Williams, "Stanford Rapist's Father Issues a Despicable Plea for Leniency: 'A Steep Price to Pay for 20 Minutes of Action,'" *Salon* 6 Jun 2016 <http://bit.ly/1VHWYyr>.

12 Eve Kosofsky Sedgwick, *Touching Feeling: Affect, Pedagogy, Performativity* (Durham: Duke UP, 2003) 146.

13 Lauren Berlant, *Cruel Optimism* (Durham: Duke UP, 2011).

14 이제 논의하겠지만 여기에서 단수로 "그것의"가 문제이다. 페미니즘의 주류 내러티브는 역사적으로 백인성, 중산층, 이성애 규범성에만 근시안적으로 집중해 왔지만, 페미니즘은 단수가 아니다. 문법적 단순성을 지키고자 당분간은 계속 페미니즘을 단수로 칭하겠다.

15 호텐스 스필러스는 「작은 틈: 단어들의 작은 드라마」라는 제목의 장에서 이것에 대해 썼다. 이 장은 다음의 책에 실려 있다. *Black, White, and in Color: Essays on American Literature and Culture* (Chicago: University of Chicago Press, 2003) 152–175. [First published in Carol Vance, ed. *Pleasure and Danger: Exploring Female Sexuality* (New York: Pandora/HarperCollins, 1984).]

16 멀리사 그레그와 그레고리 J. 시그워스는 『정동 이론*The Affect Theory Reader*』의 서문에서 정동을 이렇게 정의했다.

17 Julia Kristeva, *Strangers to Ourselves*, trans. Leon S. Roudiez (New York: Columbia UP, 1991) 53.

18 Sara Ahmed, "Hello feminist killjoys!" *feministkilljoys* 26 Aug 2013 <https://feministkilljoys.com/2013/08/26/hello-feminist-killjoys/>.

19 안느 테리올트는《벨 자》라는 블로그에 "Being a Girl: A Brief Personal History of Violence"라는 글을 올렸다(<http://bellejar.ca/2015/12/03/being-a-girl-a-brief-personal-history-of-violence/>). 그것이 나를 몹시 흥분시켰고, 내 삶에서 폭력들에 이름을 붙이고 그런 시도를 해 볼 만한 가치가 있는 경험으로 정당화했다.

20 비토 아콘치의 작품 〈온상*Seedbed*〉은 뉴욕 소나벤드Sonnabend 화랑에서 1972년 초연되었다. 이 작품은 아콘치가 화랑의 나무 통로 밑에 누워 자위하면서 머리 위를 걸어 다니는 관람객들에 대해 이야기하면, 그의 욕망들을 화랑의 확성기를 통해 들려주는 식이었다.

21 Emilie Buchwald, Pamela Fletcher, Martha Roth, ed., *Transforming a Rape Culture* (Minneapolis: Milkweed Editions, 1994) xi.

22 Claudia Rankine, *Don't Let Me Be Lonely: An American Lyric* (Minneapolis: Graywolf Press, 2004) 72.

23 Cassandra Troyan, "The Body Always Remembers: An Interview with Amy Berkowitz," *The New Inquiry* 24 Sept 2015 <http://thenewinquiry.com/features/the-body-always-remembers/>.

24 Nicole Brossard, "The Killer Was No Young Man," *The Montreal Massacre*, ed. Louise Malette and Marie Chalouh. Trans. Marlene Wildeman (Charlottetown: gynergy, 1991) 31–33.

25 앤더슨 쿠퍼는 펄스에서 학살당한 마흔아홉 명의 이름과 나이를 읽으면서 왜 그들의 살인자의 이름에 자리를 내주거나 이름을 말하기를 거부하는지 설명하면서 똑같은 종류의 거부를 실행한다. <https://nationalpost.com/news/world/anderson-cooper-breaks-down-while-reading-names-of-orlando-shooting-victims>.

26 Sara Ahmed, "In the Company of Strangers," *feministkilljoys* 10 Nov 2013 <https://feministkilljoys.com/2013/11/10/in-the-company-of-strangers/>. 아메드의 책은 내재하는 인종화와 인종주의의 역사를 이방인의 비유와 관련지어 탐문한다.

27 푸블리우스 테렌티우스 아페르(늙은 "테렌스"라고 간단히 부르기도 하는)가 그 말을 했다. 테렌스는 노예 시절 로마 상원 의원에게 교육을 받았고, 상원 의원은 결국 그를 자유의 몸으로 만들어 주었다. 테렌스는 극작가가 되어 죽기 전까지 여섯 편의 희곡을 썼다. 여섯 편 모두 오늘날까지 전해진다. 나는 로마의 노예 소유 역사에 대해 전문가가 아니지만, 노예경제에 참여하는 사회들이 다른 인간에 대한 폭력 행위를

정당화하기 위해 사용하는 한 가지 전략은 노예가 된 인간들을 인간 이하로 재현하는 것이라고 본다. 이를 염두에 둔다면 테렌스의 진술은 훨씬 더 급진적으로 열린 것이 된다. 그는 자신의 인간성과 다른 사람들의 인간성을 주장하며, 그의 말은 우리 자신의 행동으로부터 빠져나갈 여지를 주지 않는다. 낯설게 만들고 낯선 사람들을 만들 여지가 없다. 단지 다른 사람들에게 깊은 감동을 주는 사람들이 있을 뿐이다.

28 Blair L. M. Kelley, "Here's Some History Behind that 'Angry Black Woman' Riff the *New York Times* Tossed Around." *The Root* 25 Sept 2014 <https://www.theroot.com/1790877149>.

29 Eu Jin Chua, "Review of Sianne Ngai's Ugly Feelings," *Bryn Mawr Review of Comparative Literature* 6 (2/2007) <https://repository.brynmawr.edu/cgi/viewcontent.cgi?article=1096&context=bmrcl>.

30 이 부분에서 분노에 대한 인용문은 모두 아메드가 쓴 다음의 글에서 따온 것이다. Sara Ahmed, "Feminist Killjoys (And Other Willful Subjects)." *Polyphonic Feminisms: Acting in Concert*, ed. Mandy Van Deven and Julia Kubala. *The Scholar & Feminist Online* <http://sfonline.barnard.edu/polyphonic/ahmed_04.htm>.

31 Audre Lorde, *Sister Outsider: Essays and Speeches* (Berkeley, CA: Crossing Press, 2007) 124, 127. [오드리 로드, 『시스터 아웃사이더』, 후마니타스, 2018]

32 Ahmed.

33 타티아나 A. 코롤레바Tatiana A. Koroleva가 말하듯이, 고통이나 고독, 실패와 같은 소진의 형식을 요구하는 퍼포먼스(*Subversive Body in Performance Art* [State University of New York at Buffalo, 2008] 29, 44–46). 폴 알랭Paul Allain과 젠 하비Jen Harvie는 장기간에 걸쳐 벌어지는

퍼포먼스 예술은 또한 인내의 퍼포먼스이기도 하다고 말한다. 화랑의 참석자들과 끊임없이 눈을 맞추며 일흔다섯 시간을 말없이 앉아 있어야 했던 마리나 앱로모빅Marina Abromovic의 〈예술가가 존재한다*The Artist Is Present*〉가 인내의 퍼포먼스의 한 예다(*The Routledge Companion to Theatre and Performance* [New York: Routledge, 2014] 221).

34 인내. 내 친구 R이 강간당한 적이 있는 사람들에 대해 그런 식으로 이야기한다. 그들은 그 경험을 인내한다. 그들은 강간의 효과들을 인내하고 있다. 우리는 강간 문화의 효과들을 인내하고 있다. 나는 이 언어에 끌린다. 인내의 예술 혹은 인내의 스포츠처럼, 인생을 사는 장기 작업에 자리를 만들어 주기 때문이다. 그러나 그 인내하는 강간의 삶은 근본적으로 폭력에 의해 변화된다. 또한 인내는 행위성을 위한 자리를 만들어 준다. 나는 인내해 왔다. 나는 인내한다. 나는 인내할 것이다. 인내하게 될 것이다. 나는 여기에서 강간이 어떤 사람을 희생자의 위치에 두는 더 법률적인 방식(말할 것도 없이 주류인)보다는 R의 말을 받아들이고 있다.

35 Suzanne Ito, "New Report Shows 95% of Campus Rapes Go Unreported," *ACLU* 25 Feb 2010 <https://www.aclu.org/blog/smart-justice/mass-incarceration/new-report-shows-95-campus-rapes-go-unreported>.

36 에마 설코위츠는 넌게서가 자신을 강간했다고 주장한다. "A Survivor's Burden: Columbia Student Carries Mattress on Campus until Alleged Rapist Is Expelled." *Democracy Now!* 16 Sept 2014 <http://www.democracynow.org/2014/9/16/a_survivors_burden_columbia_student_carries>.

37 설코위츠와 컬럼비아대학에서 그녀를 지지하는 사람들은

강간을 겪은 사람이 컬럼비아대학에서 신고를 하기 위해 거쳐야 하는 불필요한 요식 행위들을 뜻하기 위해 팔에 ×자로 빨간색 테이프를 붙이기 시작했다. 빨간 테이프 운동은 컬럼비아대학을 넘어 다른 대학 캠퍼스까지 퍼져 나갔다. <http://www.slate.com/blogs/xx_factor/2014/10/30/carry_that_weight_emma_sulkowicz_s_mattress_becomes_a_national_movement.html>.

38 Julie Zellinger, "The Treatment of Emma Sulkowicz Proves We Still Have No Idea How to Talk about Rape," *Identities.Mic* 3 Feb 2015 <http://mic.com/articles/109446/the-treatment-of-emma-sulkowicz-proves-we-still-have-no-idea-how-to-talk-about-rape>.

39 Ibid.

40 Cathy Young, "The UVA Story Unravels: Feminist Agitprop and Rape-Hoax Denialism," *Real Clear Politics* 8 Dec 2014 <http://www.realclearpolitics.com/articles/2014/12/08/the_uva_story_unravels_feminist_agitprop_and_rape-hoax_denialism_124891.html>.

41 지안 고메시가 캐나다에서 재판을 받은 2017년 2월 6일 오드라 윌리엄스의 트윗 전문은 다음과 같다. "재판은 사람들에게 여자들이 이러한 위험에 대응해야 할 때가 많다는 사실을 상기시키기에 딱 좋은 기회다." 그녀는 @audrawilliams에서 트윗을 한다. 독자들에게 팔로잉을 추천한다.

42 이 진술은 넌게서의 아버지가 캐시 영에게 한 것이다. <http://www.thedailybeast.com/articles/2015/02/03/columbia-student-i-didn-t-rape-her.html>.

43 넌게서는《뉴욕 타임스》칼럼니스트 애리얼 카미너Ariel Kaminer 에게 이렇게 말했다. <http://www.nytimes.com/2014/12/22/nyregion/

accusers-and-the-accused-crossing-paths-at-columbia.html?>.

44 El Jones, Facebook Status Update, March 1, 2016.

45 Ibid.

46 예를 들어, 저비시아스(#BeenRapedNeverReported 공동 창시자)는 페미니스트 경고 시스템으로 블랙리스트에 올라 있다. "Feminism's Fourth Wave is the Shitlist," *Now* (*Toronto*) 16 Sept 2015 <https:// nowtoronto.com/news/feminisms-fourth-wave-is-the-shitlist/>.

47 루시 드쿠테어는 캐나다 공군 기장이다. 또한 〈트레일러 파크 보이스(역주: 캐나다 TV 드라마)〉로 가장 잘 알려진 배우이기도 하다. 2014년 10월, 그녀와 다른 일곱 명의 여성들이 당시 CBC 진행자였던 지안 고메시에게 성추행을 당했다고 공개했다. 드쿠테어는 자신의 이름을 대중에게 공개하도록 허락한 첫 번째 여성이자, 자신의 이름이 알려지도록 허락한 유일한 재판 증인이었다. 그녀는 끝내주는 영웅이다.

48 Brett Levine, 'Princes Kept the View' catalogue essay for *The Slaughterhouse Project: The Light on the Hill*, Visual Arts Gallery, University of Alabama at Birmingham, USA (2002) in Brad Buckley, John Conomos, Australian Centre for Photography, 2013, 51–59.

49 Sara Ahmed, *The Cultural Politics of Emotion* (New York: Routledge, 2004) 183–84.

50 Ernst Bloch, *The Principle of Hope* (Vol. 1), trans. Neville Plaice, Stephen Plaice, and Paul Knight (Oxford: Blackwell, 1986) 3.

51 Anna Potamianou, *Hope: A Shield in the Economy of Borderline States*. Trans. Philip Slotkin (London: Routledge, 1997) 79.

52 Berlant, *Cruel Optimism*, 4.

53 Troyan, "The Body Always Remembers."

54 저 문장은 올해의 절제된 표현 후보다.

55 Ibid.

56 Sarah Boesveld, "This Changed Me. The Lasting Impact of the Ghomeshi Scandal," *Chatelaine* 26 Oct 2015 <http://www.chatelaine.com/living/project97-living/the-lasting-impact-of-the-jian-ghomeshi-scandal/>.

57 그리고 그것은 위험스럽다. 그 당시 《섀틸레인》의 기사에서 나온 한 예는, 어느 모로 보나 토론토대학 캠퍼스의 모든 페미니스트(특히 페미니스트 교수들)에 대한 명백한 폭력의 위협이었다. 이 사례와 관련된 맥락과 영향에 대한 훌륭한 소개글로 릴리 초Lily Cho의 〈취약함들Vulnerabilities〉을 보라(<http://www.hookandeye.ca/2015/09/vulnerabilities.html>).

58 『나의 눈부신 친구*My Brilliant Friend*』는 엘레나 페란테의 소설 *L'Amica Genial*의 영역본이다.

59 Jessica Michaelson, "Screen-Time is a Feminist Issue," *DRJESSICAMICHAELSON* 18 Aug 2015 <http://www.drjessicamichaelson.com/blog/screen-time-feminist>.

60 #오스카는너무하얗다 해시태그는 에이프릴 레인April Reign이 후보들 간에 인종적 다양성이 완벽하게 결여되어 있다는 항의의 표시로 만들었다. 레인은 뒤버니DuVernay 테스트로 시작하여 변화를 위한 정말로 멋진 10점짜리 플랜을 만들어 냈다. 이 테스트는 유색인종 배우 두 명이 "백인들의 이야기에 풍경 노릇"을 하기보다는 "완전히 현실화된 삶"을 살아야 한다고 요구한다. <https://www.theguardian.com/film/2016/feb/25/oscarssowhite-10-point-plan-hashtag-academy-awards-april-reign>.

61 리처드 브로디Richard Brody는 리뷰에서 벤의 캐릭터를 "요정 대부fairy godfather"라고 불렀다. Richard Brody, "'The Intern' is a Very Strange Workplace Fantasy," *The New Yorker* 25 Sept 2015 <http://www.newyorker.com/culture/richard-brody/the-intern-is-a-very-strange-workplace-fantasy>.

62 Janice G. Raymond, A Passion for Friends: Toward a Philosophy of Female Affection (North Melbourne: Spinifex Press, 1983) 151.

63 Ibid. 152.

64 시리즈의 작가들이 교차-정체성을 잘못 다루었다는 데 대해 많은 글이 나왔다. 예를 들어 다음을 보라. <http://www.gender-focus.com/2012/04/27/neither-fish-nor-fowl-the-l-word-and-the-t-word/>.

65 Lisa Robertson, "Dispatches from Jouhet!" *Harriet* n.d. <http://www.poetryfoundation.org/harriet/2009/11/lisa-robertson-dispatch-from-jouhet/>.

66 Monique Wittig, "One Is Not Born a Woman," *The Straight Mind: And Other Essays* (New York: Harvester/Wheatsheaf, 1980) 21–32. [모니크 위티그, 『모니크 위티그의 스트레이트 마인드』, 행성B, 2020]

67 Elizabeth Grosz, *Architecture from the Outside: Essays on Virtual and Real Space* (Boston: MIT Press, 2001) 13–14. [엘리자베스 그로스, 『건축, 그 바깥에서』, 그린비, 2012]

68 이것이 익숙해 보인다면 다시, 리사 로버트슨이라서 그렇다.

69 Emma Healey, "Stories Like Passwords," *The Hairpin* 6 Oct 2014 <https://www.thehairpin.com/2014/10/stories-like-passwords/#.bwkhpaoly>.

70 Ahmed, *The Cultural Politics of Emotion* 11.

71 『허랜드』는 샬럿 퍼킨스 길먼이 1915년에 쓴 소설이다. 고립 속에서 함께 살고, 무성생식으로 자손을 낳고, 공동으로 아이를 키우고 가사를 돌보는 여성 집단을 묘사했다. 린디 웨스트는 21세기 버전으로 근사한 리뷰/재상상을 한다. 여기에서 찾아볼 수 있다. <https://www.theguardian.com/lifeandstyle/2015/mar/30/herland-forgotten-feminist-classic-about-civilisation-without-men>.

72 Michelle Dean, "The Formidable Friendship of Hannah Arendt and Mary McCarthy." *The New Yorker* 4 Jun 2013 <http://www.newyorker.com/books/page-turner/the-formidable-friendship-of-mary-mccarthy-and-hannah-arendt>.

73 Nicole Brossard, "To Write: In the Feminine Is Heavy with Consequences," *Fluid Arguments*, ed. Susan Rudy. Trans. Ann-Marie Wheeler (Toronto: Mercury, 2005) 110. 브로사르는 영어로 "나는 여성이다"라는 문구를 썼고, 진술은 전부 영어와 프랑스어로 번역되었다. 수전 루디와의 대화에서 브로사르는 그녀에게 영어로 주장하면 젠더뿐만 아니라 프랑스계와 영국계 캐나다인의 복잡한 정치학을 강조하게 된다고 분명히 말했다.

74 트루스는 1851년에 처음 연설했다. 여기서 읽을 수 있다. <https://www.nps.gov/articles/sojourner-truth.htm>.

75 Maggie Nelson, *The Argonauts* (Minneapolis: Graywolf Press, 2015) 33.

76 Ibid.

77 Rufi Thorpe, "Mother, Writer, Monster, Maid," *Vela: Written By Women* n.d. <http://velamag.com/mother-writer-monster-maid/>.

78 Anne Carson, "Short Talk on the Sensation of Airplane Takeoff," *Short Talks* (London, ON: Brick Books, 1992) 42.

79 Nelson 75.

80 Sara Ahmed, "Sweaty Concepts," *feministkilljoys* 22 Feb 2014 <https://feministkilljoys.com/2014/02/22/sweaty-concepts/>.

81 좋다. 프로이트가 근대 가족의 삼각형에서 어머니를 표현한 방식에 기반하거나 거기에서 갈라져 나온 사람들이 바로 크리스테바와 라캉과 심리 분석 훈련을 받은 모든 비판 이론가들이다. "어머니들"을 통해 생각하는 이 이론적 역사가 정말로 중요한가? 자기 위치에 따라 어느 정도는 중요할 것이다. 이야기들은 순환하고 신화나 조직화의 원칙이 되니까. 그리고 어머니들이 어떻게 작용하는가에 관한 프로이트의 이야기는 중요하기는 하다.

82 Sara Ahmed, "Fragility," *feministkilljoys* 14 Jun 2014 <https://feministkilljoys.com/2014/06/14/fragility/>.

83 퍼트리샤 스마트Patricia Smart의 *Les femmes du Refus Global* (Boréal, 1998)은 매들린 아버Madeleine Arbour, 마르셀 페론Marcelle Ferron, 뮈리엘 귈보Muriel Guilbault, 루이즈 르노Louise Renaud, 테레즈 레덕Thérèse Leduc, 프랑수아즈 리오펠Françoise Riopelle, 프랑수아즈 설리번Françoise Sullivan의 역사적 망각하기에 대한 의미 있고 핵심적인 면제다. 나는 이 여성들에 대해 나와 편지를 주고받은 데 퍼트리샤에게 감사한다.

84 Sara Ahmed, "Speaking Out," *feministkilljoys* 2 Jun 2016 <https://feministkilljoys.com/2016/06/02/speaking-out/>.

85 Leanne Simpson, "Fish Broth & Fasting," *Leanne Betasamosake Simpson* 16 Jan 2013 <https://www.huffingtonpost.ca/leanne-simpson/fish-broth-chief-spence_b_2517450.html>.

웃어넘기지 않는다

페미니스트 킬조이가 보내는 쪽지

펴낸날 2021년 8월 12일 1판 1쇄

지은이 에린 웡커

옮긴이 송은주

펴낸이 김동석

펴낸곳 신사책방

        제2019-000062호   2019년 7월 5일

        서울시 은평구 은평터널로7길 15 B01호

        010-7671-5175   0504-238-5175

        sinsabooks@gmail.com sinsabooks.com

ISBN 979-11-975208-1-5 (03840)